Comme un homme à la mer

Eric Saint Antonin

AF143601

1994- Histoire vraie

À mes enfants

CHAPITRE 1

Comme un homme à la mer

C'était bien là le fameux paradis
Y mettre un pied marin mais se sentir saisi
Par ton regard chaud, ton regard chaud
Alors que l'on se voudrait fort et fier
Fondre comme les glaçons au fond de nos verres
Boire la nuit entière pour ne plus se taire
Pour devenir un autre...
Entre désir en rade et désert blanc
Je pense à toi la moitié du temps
A ton regard clair, ton regard clair
Aveugle et plein de toi vers la lumière
Quand le soleil incendie la mer
J'ai aimé ton mystère
Et je peux mieux faire
J'me sens comme un homme à la mer
Qui a déjà aimé me comprenne

E. DAHO – Un homme à la mer – album Paris Ailleurs 1990

Fait comme un rat

- Où étais-tu ?
- Bien, au travail bien sûr !
- J'ai téléphoné à ton bureau, on m'a dit que tu étais parti à quatre heures cet après midi, et tu rentres à plus de huit heures… encore une fois où étais-tu ?

Samuel sentit son corps s'effondrer de l'intérieur. Ainsi, le moment attendu mais redouté semblait poindre en ce soir d'automne. Sa femme était là devant lui, le visage fermé et angoissé. Qu'allait-il se passer ? Lisa était douce et c'est pour cela qu'il l'aimait, avec sa voix de trente six quinze au téléphone. Mais sous cette douceur le feu sommeille, et ses colères avaient souvent perturbé leur entourage. De nature entière, elle n'aimait pas se plier aux caprices des autres et cela se voyait. Elle ne savait pas cacher ses sentiments. Son visage est un livre ouvert, et Samuel y lisait ce soir là que la bataille était perdue d'avance pour lui.

Tout à l'heure, dans sa vieille 2CV cédée par la grand-mère de Lisa qui le ramenait à la maison familiale, il savait déjà. Il se doutait que les choses allaient changer, il le souhaitait au fond. Les évènements s'accéléraient et Samuel perdait pied. Lui qui pouvait gérer beaucoup de choses sans rien montrer, se sentait ce soir ballotté par les vagues, ivre de sentiments contradictoires.

- Tu vas me répondre ? siffla Lisa.

Lisa, était déterminée par les quatre heures d'angoisse liée à l'emploi du temps inexpliqué de son mari. Le bébé dut le sentir car il se mit soudain à pleurer, détournant un instant l'attention de Lisa. Samuel en profita pour essayer de scénariser quelque chose, il savait tellement le faire depuis un an et demi, c'est un pro du mensonge, Samuel, il doit pouvoir y arriver. Mais c'est déjà trop tard, le regard est à nouveau sur lui. Un regard auquel mentir est impossible, un regard qu'il n'oubliera jamais.

-    Bien … c'est … ça.

Le « ça » sonna comme un aveu, le visage de Lisa dégringola de cent pages du livre ouvert sautant des chapitres entiers de questions qui iraient avec l'enquête classique de la femme trompée.

-    Tu l'as fait ? c'est ça ?
-    Lisa…oui, je l'ai fait.

Dieu ! Ce « oui » venait de sortir, c'était à peine croyable. Un oui de non-retour qui sonnait comme celui qu'il avait prononcé au téléphone plus d'un an auparavant et qui avait changé sa vie. Ce oui venait de vider son cerveau d'une culpabilité énorme, celle injectée par le mensonge quotidien envers cette femme à qui il ne reprochait rien et qui ne méritait sûrement pas d'être traitée comme toutes les autres femmes. Parce qu'elle est différente et qu'elle n'aurait jamais suivi ce chemin-là, parce qu'elle n'aurait jamais menti à son mari, parce qu'elle ne sait pas faire une chose pareille, elle.

-    Tu l'as fait, tu m'avais promis, et tu l'as fait…

Des larmes coulaient, troublant son regard noir.

-    Tu es dégueulasse, tu m'avais promis de m'en parler avant. Que l'on trouverait une solution ensemble à notre problème. Tu trahis notre amour, tu es un salaud.

Lisa s'enfuit dans la cuisine laissant Samuel perdu au milieu du salon.
Le bébé dans son parc ne pleurait plus, son regard semblait fixer la porte de la cuisine par laquelle sa mère venait de

disparaître. Comprendra-t-il un jour ? il avait à peine quatre mois et il allait vivre la plus grande crise conjugale de ses parents. Aurait-on pu lui éviter cela ? Sans doute, en refusant de créer sa petite existence. Ses yeux sombres hérités de sa mère semblaient déjà lui reprocher de ne pas avoir dit non à sa venue. Un non ferme de quelqu'un de responsable qui aurait anticipé ce qui se déroulait ce soir. Comment peut-on décider de mettre au monde un enfant alors que l'on mène une double vie mettant en péril le couple ? Seul un inconscient n'ayant aucune notion de responsabilité aurait pu faire une chose pareille, c'est sûr !

Du bruit dans l'escalier qui mène à l'étage supérieur de la maison à peine construite, sortit Samuel de ses pensées. Les filles étaient descendues de leur chambre, inquiétées sans doute par les pleurs de leur mère. Toutes deux regardaient Samuel les yeux ronds. Samuel s'élança vers elles, retrouvant cet instinct paternel hors du commun qui suscitait tant d'admiration de la part de toute la famille. Un papa « moderne », non ça ne suffit pas, Samuel vaut sans doute mieux que cet adjectif-là ?

Dès la naissance de sa fille aînée, Chloé, alors qu'ils avaient à peine 24 ans, il avait ressenti cet amour profond, inaltérable et viscéral envers la chair de sa chair. Les gestes avaient été précis et justes, il n'avait pas connu la « gaucherie » traditionnelle des premiers jours du métier de père.

D'ailleurs, le travail de Lisa, infirmière, et ses horaires très particuliers avaient très vite obligé Samuel à s'occuper de sa fille. C'était avec joie et passion qu'il lui avait donné le bain, le biberon et l'avait bordé chaque soir. Lisa rentrait à cette époque vers vingt-trois heures de son hôpital de la banlieue parisienne, et Samuel l'attendait patiemment devant la télé ou devant un bouquin. Elle avait une confiance absolue en lui et jamais elle ne s'était inquiétée du confort de son bout de choux. Une période qui dura jusqu'au treize mois de sa fille avec la mutation de Samuel et le déménagement à Marseille qui en suivit.

Ils avaient souhaité regagner leur région d'origine, parce que Paris, c'est bien mais la famille c'est mieux ! Samuel ne réalisa pas à ce moment là que la vie parisienne avait des charmes insoupçonnés qui lui auraient sans doute donné l'opportunité de comprendre certaines choses bien enfouies en lui.

Marseille, fut une période merveilleuse.
Cette ville attachante ne leur avait ouvert les bras que deux années, mais ces années furent riches en évènements. Il y eut d'abord la naissance de leur deuxième fille, Marie, de deux ans la cadette de Chloé. Une enfant difficile qui monopolisa les nerfs de ses parents les premiers mois de son existence et dont le comportement ne présageait pas du calme et de la douceur de l'enfant d'aujourd'hui. Et puis il y eut la reconversion de Samuel qui passa un diplôme, après une année d'étude, lui permettant d'accéder à un poste d'encadrement à Bordeaux. Ils durent ainsi refaire les bagages. Le déménagement prématuré ne les avait pas trop perturbés mais tous deux s'étaient dit alors, que si Bordeaux leur plaisait, ils feraient en sorte d'y poser leurs valises quelques années. D'autant plus, que cet éloignement de Marseille les rapprochait de Toulouse, ville où vivaient les parents de Lisa.

Samuel recoucha les filles et alla dans la salle de bain. Il regarda longuement son image dans le miroir. Un sourire nerveux donnait à son doux visage un aspect figé. Oui, il sentait que les semaines à venir seraient difficiles et que désormais rien ne serait plus comme avant. Son image n'était plus la sienne, mais celle d'un autre que lui qui inexorablement le poussait en avant. Samuel n'avait plus le choix. Il était allé trop loin et s'était pris au piège de l'amour. Car Samuel aimait, comme il n'avait jamais aimé, d'un amour si profond qu'il aurait pu en mourir. Il aura le courage de le dire à Lisa. Il le faut même si cela lui fait mal.

Il descendit lentement les escaliers. Lisa était assise devant le fauteuil à bascule du bébé, les yeux fixes. Léo la regardait et essayait de capter en vain son attention en balançant ses petits bras.

Cet enfant avait les yeux si sombres, si profonds. Samuel les adorait. Peu avant leur mariage, ils s'étaient dit que le jour où ils auraient leurs enfants (il n'y avait aucun doute là-dessus) ils souhaitaient que la fille ressemble à Samuel et le garçon à Lisa. Les filles sont nées avec la peau pâle et les yeux bleus intenses de Samuel et Léo avait récupéré le teint hâlé et les yeux sombres des origines espagnoles de sa mère. La nature les avait exaucés.

- Le repas est prêt, je vais coucher Léo ensuite je pense que nous devrions nous parler, annonça sèchement Lisa.
- Je t'attends.

Lisa pris le bébé et remonta les escaliers. Elle semblait ne plus avoir d'expression. Samuel se demanda si elle tiendrait le coup. Son caractère fort et entier ne semblait plus être au rendez-vous. Une bouffée de culpabilité oppressa sa poitrine. Mon dieu que va-t-il se passer à présent ?

Il l'avait connue en seconde, Samuel s'était à cette époque amouraché d'une fille d'un an son aîné qu'il allait voir entre midi et deux à son lycée de l'autre côté de la petite ville de Carpentras. Mais Lisa l'avait tout de suite intrigué. Une adolescente d'allure sportive, un peu garçon manqué et d'une timidité attendrissante. Aujourd'hui encore Samuel aimait les gens timides car ils cachaient très souvent un tempérament de feu. Sous sa chevelure brune trop abondante, on apercevait des yeux pleins de malice de couleur noisette avec au centre du jaune d'or. Des lèvres bien dessinées et un menton parfait donnaient à son sourire aux dents blanches un charme troublant. Seul le nez un peu fort mais droit dénonçait un caractère et une volonté de fer. Une fin d'après midi du mois de mars, ils étaient sortis ensemble pour la première fois. Ce fût le début d'une longue histoire de « je t'aime, je te quitte » conforme à leur âge. Puis le bac, et les études à Montpellier. La première année de fac fut peu structurée pour Samuel, qui ivre de son émancipation, Lisa étant restée en Avignon, passa son année à dormir le jour et « vivre » la nuit. Il rata son année de biologie, bien évidemment, et perdit sa bourse d'étudiant en même temps. L'année suivante, il changea d'université pour faire des études de lettres pendant que Lisa s'inscrivit à l'école d'infirmières de Montpellier. Ils en profitèrent pour récupérer le vieil appartement du frère de Lisa et s'installèrent ensemble pour la première fois.

Samuel sourit à cette pensée, l'appartement était vraiment dans un état pitoyable. Même les poissons rouges n'y avaient pas survécu un matin d'hiver, gelés dans leur aquarium. Mais ce furent des nuits et des nuits d'amour bien blottis sous la couette.

Lisa entra dans la cuisine. Samuel sursauta.

-	J'ai fait un flan pâtissier à la noix de coco. Ton dessert préféré... en t'attendant cet après midi.

Le ton était amer. Samuel se redressa un peu. Il se sentait comme un étudiant au moment de son grand oral.

-	Je t'écoute maintenant, lança-t-elle.
-	En fait... je ... je ne sais pas vraiment par où commencer...
-	De qui s'agit-il ? je le connais ?
-	Non, non... tu ne le connais pas. Personne autour de nous ne le connaît.
-	C'est quelqu'un du travail, comment l'as-tu rencontré ?

Elle s'impatientait, la douleur était visible sur son visage et un geste nerveux torturait sa fourchette. Ce qui inquiétait un peu Samuel.

- J'ai fait du réseau, je voulais juste voir ce que c'était, tu comprends ?
- Sur le minitel ? mais les factures de téléphone sont normales !
- C'est un réseau bon marché à vocation… locale.

Elle explosa, ne supportant plus l'idée de la trahison.

- Tu es un salaud, tu as fait ça derrière mon dos. On avait fait un pacte sur ça. Jusqu'à présent on s'était dit que si ça devenait trop difficile on ferait en sorte de trouver une solution tous les deux. Là, tu m'as trompée comme le premier mari venu… tu ne vaux pas plus que tous ces lâches.
- Ce n'est pas pareil. Je n'en peux plus, Lisa, de vivre avec ça. Tu entends ? des années et des années à refouler, à se dire que cela va se mettre en place, qu'il ne s'agit que d'une immaturité liée à l'adolescence. J'ai passé des nuits et des nuits à imaginer des choses où tu ne trouvais plus ta place. J'ai bientôt 30 ans, Lisa, j'ai voulu savoir et je sais maintenant…je suis homo, je suis un sale pédé, tu entends ?
- Tu es un mari et un père avant tout, tu y as pensé ?
- Bien sûr, ça n'a rien à voir.
- Combien de fois l'as-tu fait ?

Cette question surprit Samuel, une question tellement décalée par rapport à ce qu'il vivait. Son amour ne pouvait pas se résumer au nombre de fois où il était passé à l'acte.

- Plusieurs fois… mais ce n'est pas ça qui est important.
- Pas ça ? je suis là à la maison avec les trois enfants, dans cette maison qu'on vient de faire construire et qu'on n'a même pas fini d'aménager, et toi tu t'envoies en l'air comme ça dès que j'ai le dos tourné. Tu trouves que ce n'est pas important. Mais tu es lamentable …

- Mais si, je sais que c'est nul et que tu ne méritais pas ça, je voulais seulement faire un test, mais je n'avais pas prévu que je ne pourrais plus m'en passer.
- Qui est ce salaud ? hurla-t-elle.
- Il est marié aussi et il a un fils.
- En plus ! non mais c'est cool la vie, hein ? Maman à la maison avec les gamins et on s'envoie en l'air, tranquille en se moquant d'elles, c'est écœurant …
- Ne crois pas ça, Sébastien est un mec bien, crois-moi.

Le prénom avait été prononcé avec une extrême douceur, ce qui n'échappa pas à Lisa. Elle se leva comme pour éviter de montrer le désarroi laissé par ce nouveau coup bas. Lisa était partagée par deux sentiments contradictoires, la haine de la femme trahie qui aurait voulu cogner sur cet homme qu'elle aimait, et la curiosité d'en savoir plus sur cette relation entre deux êtres du même sexe. Elle qui luttait, comme lui, depuis des années pour enfouir ses désirs différents. Combien de fois avait elle imaginé serrer un corps de femme dans ses bras, embrasser sa peau douce. Lui, il l'avait fait, il avait franchi ce pas. Un sentiment de jalousie naissait au fond d'elle-même, mais pas pour le motif attendu.

Issue d'une famille maternelle protestante espagnole, rapatriée d'Algérie en 1962, Lisa avait passé une enfance bercée par des réunions de familles bruyantes et très festives. Nul anniversaire ou fête calendaire ne se passait sans repas couscous, bouillabaisse ou autres migas copieusement arrosés et terminés par un show de la part des cousins cousines, oncles et tantes. Qui à la guitare, qui à cappella, une ambiance incroyable égayait ses rencontres. Lisa, plus timide que les autres avaient parfois du mal à rivaliser avec sa cousine extravertie d'une beauté typée qui enchantait l'auditoire de sa gouaille. Plusieurs films super 8 avaient immortalisé cette enfance joyeuse. Aujourd'hui encore, Samuel, essayait de continuer cette saga à l'aide d'une caméra achetée dès son arrivée à Paris.

Bien sûr, la Famille était livrée avec toutes les options. Une présence et un poids moral impitoyable n'avaient pas permis à Lisa de s'émanciper comme elle l'aurait souhaité. Lorsqu'elle avait dix-huit ans, sa mère était venue la trouver dans sa chambre, l'air grave, pour lui apprendre qu'elle avait décidé de se convertir au catholicisme et de devenir catéchèse.

Sa mère avait toujours pratiqué, mais depuis quelques temps elle avait abandonné le temple pour se rendre à la chapelle des Sœurs Blanches non loin du village provençal où ils vivaient. Elle lui expliqua que, lors d'un récent office, quelque chose s'était passée en elle, qui l'avait fait fondre en larmes. Depuis lors elle ne pouvait assister un dimanche à la cérémonie religieuse de ce lieu à l'allure de couvent, sans ressentir une profonde et intime conviction que sa voie était l'amour de la Vierge Marie.

Lisa, son frère et son père avaient accueilli cette décision avec respect, mais leur intellect de profane avait du mal à appréhender la voie mystique de cette femme cérébrale.

Lisa avait plus d'affinité avec son père. Plus instinctif que cérébral, il était facile à comprendre grâce à une équation simple : manger plus dormir plus vélo plus boulot tranquille égalent content.

De nature rebelle, Lisa s'était souvent heurtée à sa mère qui la dominait beaucoup trop à son goût. Aujourd'hui encore elle avait du mal à lui résister. Le mariage, le baptême des filles avaient été imposés afin de ne pas sombrer dans le péché.

Un gendre homo. Une fille ... Lisa eut soudain froid dans le dos.

- Tu as pensé à tes parents et aux miens ?
- Ils ne sont pas obligés de savoir !
- Tu ne te rends pas compte que ton attitude va changer notre avenir.
- Notre avenir dépend seulement de nous et du modèle de vie que l'on veut adopter.

- Je ne suis pas sûre, vois-tu, de vouloir vivre avec un mari qui peut me tromper à chaque instant.
- Ce n'est pas avec une autre femme. Tu ne peux pas raisonner de la même manière.
- Tu en as connu d'autres... de garçons ?
- Non
- Cela fait combien de temps que tu le connais ?
- Un peu plus d'un an.
- Plus d'un an ! cela fait plus d'un an que tu me mens ? mais c'est impossible ! tu caches bien ton jeu, tu t'es bien moqué de moi. Comment pouvais-tu me toucher le soir alors que tu sortais de son lit ? et ... Léo... pourquoi as-tu voulu un autre enfant, je ne comprends plus rien.
- Cela n'a rien à voir. Et je te rappelle que tu souhaitais avoir un autre enfant, et que tu m'as dit un jour que tu serais extrêmement déçu par moi si je te refusais cette fortune.
- C'est trop facile de dire ça.
- J'ai essayé de te faire comprendre, à l'époque, que malgré mon désir depuis toujours d'avoir trois enfants je souhaitais attendre un peu. Mais tu ne voulais pas m'entendre, tu as tellement insisté. J'ai cru un soir que mon refus te séparerait de moi. Tu ne pouvais accepter un refus simple, il te fallait une explication. Pour toi, il y avait forcément quelque chose derrière ma décision, et... tu avais raison. Mais je n'ai pas eu le courage te de le dire à ce moment précoce de ma nouvelle relation, cela venait à peine de m'arriver. Je venais de rencontrer Sébastien et j'étais un peu perdu. L'annonce de cette rencontre risquait de briser notre couple, et je ne souhaitais pas ça pour les filles. Aujourd'hui c'est différent.
- Différent ?

Elle le regarda, menton levé.
- En quoi cela est-il différent ? Tu ne crois pas que je vais accepter que tu continues à voir ce ...type.

13

-   Lisa, tu peux me demander beaucoup de choses, mais pas de ne plus le revoir. Je sais que cela sera au dessus de mes forces et que je ne tiendrai pas ma promesse.

Les épaules de Lisa s'affaissèrent lentement, le souffle court, elle réalisa qu'elle perdait son mari. Son Samuel était amoureux d'un garçon. Samuel vivait son rêve, et ce rêve lui amenait un amour si fort qu'il pouvait en oublier sa femme. Rien ne serait plus comme avant désormais.

-   Auquel cas, on divorce ! lança-t-elle froidement.

Les sachets de lavande

La nuit allait être longue. Le grand lit permettait à leur corps de ne pas se toucher. Plongés dans l'obscurité, chacun savait que l'autre ne dormait pas.

Samuel était parcouru de tremblements nerveux au niveau du plexus, comme à chaque grande émotion. Les images de son enfance lui arrivaient par flashes comme si son esprit craignait une mort imminente. La mort de cette vie là.

Son plus lointain souvenir était déjà empreint de l'image de cette mère nerveuse dont l'enfance avait été difficile. Sans amour paternel et avec une mère d'à peine quinze ans son aînée, elle lui témoignait une affection débordante. Très tôt, elle comprit que contrairement à son premier garçon né trois ans auparavant, le petit Samuel était beaucoup plus réceptif à ses marques de tendresse. Et elle ne s'en privât pas. Samuel aujourd'hui était persuadé que le comportement excessif d'une mère provenait de l'enfant lui-même, de son caractère inné à attirer son regard sur soi, à chercher son amour. Paul, son frère aîné en avait terriblement souffert au moment de l'adolescence, car son caractère entier avait provoqué un blocage dans la relation fondée sur l'affectif de sa mère. Paul n'était pas moins sensible, bien au contraire, mais ses émotions étaient volontairement masquées par des réactions violentes d'autoprotection peu propices aux effusions maternelles. La scolarité chaotique de Paul avait apporté une ambiance conflictuelle à la maison et les scènes répétées juraient avec la douceur de la relation de Samuel avec sa mère.

Paul en avait voulu à Samuel à cette époque et la relation fraternelle en fut irrémédiablement marquée.

L'arrivée de Suzanne avait précipité Samuel en enfer, à l'aube de ses sept ans.

Il ne comprit pas tout de suite que le joli ventre rond de sa mère allait mettre au monde la huitième merveille du

Monde, et que celle ci allait stigmatiser tous les regards et toutes les attentions. Il se souvint qu'à la maternité, lors de sa première visite à sa mère, il s'était accroché lamentablement au lit blanc en hurlant qu'il ne voulait pas la quitter. Ce passage, aussi ridicule que douloureux, fut la risée de toute la famille pendant des années.

Samuel, dans son lit eut un rictus, se moquant de lui même à l'évocation de ce souvenir cuisant. Lisa se leva pour aller dans la salle de bain. Il l'entendit ouvrir un tube et il comprit qu'elle avait décidé de prendre un somnifère. Il devrait en faire autant car son esprit était bien loin d'atteindre la sérénité nécessaire à son endormissement.

Un sentiment d'amertume le traversa, pourquoi fallait-il que ce soit ainsi ? Il avait tellement combattu sa différence, il s'était si souvent dit que cela ne serait pas. Et pourtant, le voilà dans la situation à peine imaginable du père de famille qui divorce pour vivre son homosexualité. Pourquoi a-t-il fallu qu'il rencontre Sébastien ? S'il n'était pas tombé sur lui, les choses auraient peut-être été différentes. Sébastien a fait craquer l'armure endossée depuis des années. A l'âge de dix ans à peine, dès ses premiers émois sexuels, il s'aperçut que les images qui lui venaient à l'esprit étaient mélangées de filles et de garçons. De garçons ? Il sentait bien que ce n'était pas tout à fait normal. Il avait décidé très vite qu'il se tairait, parce que personne ne devait savoir. Surtout pas sa mère, elle serait tellement déçue. Et son père ? Mon Dieu, il ne l'avait jamais compris, il ne s'expliquait pas comment un homme si doux pouvait être aussi pudique. Son père était un bel homme dont le charme faisait souvent râler sa femme. Il en jouait beaucoup. La possessivité de sa femme l'amusait, même si parfois c'était un peu lourd. Des yeux vifs et pétillants réchauffaient le bleu-vert de leur couleur. De plus, un travail physique lui permettait de garder à l'aube de ses soixante ans, un corps svelte et musclé. Samuel était content de lui ressembler si nettement, cela lui laissait espérer un vieillissement pas trop rapide. Pourtant, il ne se souvenait pas de moments ensemble. Y en a-t-il eu ? Samuel chercha dans sa mémoire, il y avait bien cette journée de chasse où dès le premier coup de fusil il était rentré en courant à la maison. Il y avait aussi son regard sévère et amusé, planté devant, l'obligeant à avaler un sandwich infect après son jour et demi de grève de la faim vers quatorze ans. Et puis… c'était tout. Sa mère avait tout pris, tous ses souvenirs d'enfance.

Pas tout à fait quand même, car sa petite sœur, Suzanne, en avait une partie.
Après le choc de son arrivée, cette merveille blonde aux yeux bleus l'avait aussi conquis. Une adoration mutuelle s'installa progressivement et aujourd'hui encore…
Tiens, Samuel eut un sursaut dans le lit, il fallait qu'il l'appelle, elle doit pouvoir l'aider à réfléchir, elle seule pouvait comprendre cette situation. Très vite il se ravisa, cela serait injuste pour Lisa, elle n'avait personne à qui parler et peut être lui prendrait-il l'envie de l'appeler aussi. De toute façon, elle allait bientôt venir à Bordeaux avec son imbécile de mari. Il lui dira tout à ce moment là. Même s'il était très proche d'elle, Samuel n'avait jamais osé lui dire sa différence. Peut être parce qu'il avait longtemps été un peu amoureux d'elle et qu'il avait peur de la décevoir aussi. Ils plaisantaient souvent tous les deux en disant que s'ils n'avaient pas été frère et sœur ils auraient sûrement été mari et femme. Lisa ne s'en offusquait pas car elle aimait beaucoup Suzanne aussi.

Ils l'aimaient tellement tous les deux, qu'ils n'avaient même pas osé l'été dernier lui dire qu'elle faisait la bêtise de sa vie d'épouser son bizarre de fiancé. Pendant la cérémonie, Samuel dût sortir de l'église juste après avoir lu un texte devant la famille car l'émotion était tellement forte que les larmes coulaient déjà sur ses joues à peine avait il regagné son banc. Une émotion pas du tout occasionnée par la joie mais plutôt par la rage. Samuel savait pertinemment que ce mariage était une erreur sans appel. La soirée du mariage avait bien vite montré le côté obscur de la belle famille par une scène de ménage lamentable entre la sœur du marié et son mari devant une assemblée consternée. Samuel compris que son sentiment était le bon. Et l'avenir le dira bien vite.

Les dernières conversations téléphoniques avec sa sœur en cachette du mari « un peu jaloux », disait-elle pudiquement, avait fini par éveiller des soupçons sur un comportement agressif potentiel du spécimen. Il tirera cela au clair dès qu'ils viendront à Bordeaux.

Lisa, revînt dans la chambre. Samuel pouvait voir l'ombre de son corps s'approcher du lit. Il aurait aimé la prendre dans ses bras, l'attirer à lui comme si de rien n'était. Comme si tout cela n'était qu'un cauchemar. Il allait sans doute se réveiller et les choses iraient comme avant. Il aimait beaucoup lui faire l'amour. Après presque sept ans de mariage et trois ans de vie commune, ils avaient compris leur corps et leur sensibilité. Jamais il n'avait confondu ou fait de comparaisons indécentes. Il avait même remarqué que son désir d'elle était encore plus fort lorsqu'il avait vu Sébastien dans la journée. Pourquoi cela ? Il avait lu récemment un article dans une revue féminine à la mode, qui affirmait aux femmes soupçonneuses, qu'il y avait des signes qui pouvaient laisser supposer que « votre mari a une aventure avec une autre femme ». L'article disait « Attention mesdames, si votre mari est tout d'un coup plus attentionné, plus amoureux qu'avant, sans raisons apparentes, cela peut signifier qu'il vit une aventure en dehors de votre foyer. La culpabilité et l'augmentation de sa libido va faire de lui un amant des premiers jours »

- Sam, tu dors ?
- Non, dit-il doucement après une hésitation.
- Je voulais juste savoir…
- Oui, savoir quoi ?
- M'as-tu aimée ?

La voix était celle de la petite lycéenne qu'il avait embrassée à la sortie des cours un soir de mars. Samuel fut pris d'un remord abominable. L'émotion monta en lui, il se sentait si moche.

- Mais Lisa, je t'aime toujours ! J'ai été sincère avec toi et je le suis encore.
- Tu ne peux pas m'aimer et me faire ce que tu fais, ce n'est pas possible.
- Lisa, je …
- Tu te rends compte que nous avons trois enfants, trois bébés ! tu as pensé à ma vie.
- Je ne comprends pas.
- Si nous divorçons, toi tu ne seras pas seul. Pour ma part, les enfants sont si petits que je ne pourrai plus avoir de vie de femme avant longtemps.

Elle se mit à pleurer de nouveau. Samuel compris le sens de ses mots et cela lui fit sincèrement de la peine. Même s'il n'avait pas du tout pensé à la vie après le divorce, il imagina tout à coup Lisa, seule abandonnée, avec les enfants éplorés à côté d'elle, dans une maison inconnue.

- Tu ne penses pas que je vais vous abandonner, tout de même ?
- Tu es déjà un monstre pour moi, et je n'ai plus aucune confiance en toi.
- Mais Lisa, je suis le même qu'auparavant. Je te rappelle que cela fait plus d'un an que j'ai franchi le pas. Si j'avais dû changer, tu t'en serais déjà aperçu. Et… ne te mets à aucun moment l'idée en tête que je puisse abandonner mes enfants. Tu entends ?

Samuel en eu assez de parler dans l'obscurité, il alluma la lampe de chevet située de son côté. Lisa était assise sur le bord du lit. La tête dans ses mains, penchée en avant, les coudes sur ses genoux, elle vivait physiquement les douleurs de son esprit. Samuel tenta une approche, il posa doucement sa main sur son épaule. Elle ne réagit pas immédiatement, mais cela lui fit reprendre la conversation.

- Comment c'était … je veux dire, de franchir le pas… avec un homme ?
- Es-tu sûr de vouloir parler de ça ?
- Cela te gène ?
- Non, non. Bien… Je crois, enfin… Je suis sûr que cela était inévitable. Maintenant je le sais. Je pense que c'est un manque de maturité de notre part de ne pas avoir envisagé ce qui se passe aujourd'hui. Tu sais, lorsque je t'en avais parlé un jour que nous revenions de rendre visite à mes grands parents, nous avions une vingtaine d'années, tu m'avais avoué que toi aussi tu faisais des rêves très ambigus. Cela m'avait tellement soulagé car tu étais la seule personne au monde à qui j'en avais parlé, et en retour tu pouvais me comprendre … tu ressentais la même chose que moi. Etait-ce le hasard ? la vie est étrange. Je sais qu'à l'époque, je ne m'y attendais pas du tout. On s'était dit alors que nos tendances allaient sûrement disparaître avec la fin de l'adolescence. Que nous étions encore en recherche d'identité. L'absence de difficulté dans nos relations intimes en était la preuve.
- Je m'en souviens, et nous nous étions promis de toujours en parler, et que si cela nous prenait trop la tête on trouverait une solution ensemble. Là tu es parti en solitaire, tu as brisé notre… pacte.
- Un pacte d'adolescents ! nous avons trente ans, Lisa.
- Es-tu sûr maintenant que tu es homo ?
- Ce dont je suis sûr, c'est qu'il me sera impossible aujourd'hui de renoncer à assouvir mes désirs. Cela ne veut pas dire que je souhaite renoncer à toi, mais je comprends bien que je ne peux malheureusement pas jouer sur les deux tableaux.

Elle se leva et se dirigea vers la fenêtre de la chambre. Elle passa la main dans les rideaux installés récemment par ses soins.

- Cela t'a été difficile de … faire l'amour la première fois ?
- Si j'enlève l'énorme culpabilité que j'éprouvais à ton égard, je crois que c'était un instant si fort que je m'en souviendrai toujours.

Curieusement, Lisa ne prit pas mal cette franchise, au contraire Samuel crut déceler dans ses yeux une lueur d'espoir.

- C'était où ? pas ici j'espère !
- Non, c'était à l'hôtel. J'avoue que cela n'était pas d'un grand romantisme.

Samuel se souvenait parfaitement de ce rendez vous. Il s'agissait du deuxième en réalité. Le premier avait eu lieu deux jours auparavant dans un bar du centre ville, mais Samuel au dernier moment, pris par l'angoisse, s'était enfui avant que Sébastien n'arrive, persuadé qu'il allait tomber sur un psychopathe. Le soir même, sur le minitel, il avait répondu au message virulent de son futur amant qui l'incendiait du lapin. Il lui expliqua qu'il avait besoin d'entendre sa voix avant, que c'était dur pour lui. Samuel était persuadé qu'il décèlerait dans la voix la nature de l'individu. Sébastien le comprit.
Le lendemain, il était seul à la maison et attendait l'appel téléphonique. Dès qu'il décrocha, le cœur prêt à exploser, il eut quasi instantanément confiance en cette voix chaude et jeune. Sébastien, n'était pas à son premier rendez-vous et semblait sûr de lui. Très vite, ils avaient convenu de se donner un nouveau rendez vous le lendemain à midi, place Gambetta.
« J'aurai un Espace gris anthracite, immatriculé KV 33 » avait il annoncé « et pas de nouveau lapin, d'accord Samuel ? ».

21

« Oui » avait il confirmé, un oui ferme et définitif. Cet appel téléphonique avait aiguisé sa curiosité, et il voulait voir ce garçon.

Le lendemain, la matinée avait été fiévreuse, il crut qu'elle ne se terminerait jamais. Dès onze heures quarante cinq, il sortit du bâtiment imposant de son lieu de travail. Il travaillait très proche de la place Gambetta et en cinq minutes il était déjà devant l'entrée du magasin Virgin.

Il lui semblait que tout le monde le regardait, que tout le monde pouvait lire qu'il était en train de vivre quelque chose d'exceptionnel. Le temps ne s'écoulait pas vite, quelle tête allait-il avoir ? La description sur le minitel semblait correspondre à ses goûts. « Homme, marié, brun, 1m80, yeux sombres, mat de peau, torse poilu ». Un peu grand peut être, Samuel était plus petit de cinq centimètres. De toute manière, ils allaient sûrement prendre un verre, et il aurait tout le temps de se rendre compte et de se décider.

Lorsque l'Espace gris avait fait son apparition, son cœur s'était mis à bondir dans la poitrine. Il s'était avancé vers le véhicule en stationnement en double file, côté chauffeur. Samuel n'avait aucun souvenir d'avoir regardé son visage à ce moment là, il se souvenait que l'impression avait été bonne et qu'il avait répondu « oui » à Sébastien qui lui demandait de monter en voiture.

A peine Samuel s'était-il assis côté passager que Sébastien avait lancé cette phrase mémorable, dont ils riaient souvent à présent :

« J'ai mis une option sur une chambre d'hôtel, c'est ok ? ».

Samuel ne s'attendait pas à cela du tout, mais il n'aurait jamais osé dire non à ce garçon si sûr de lui et si … beau.

Lorsqu'ils étaient descendus de la voiture, Samuel avait pu regarder Sébastien dans son ensemble. Une allure de jeune cadre dynamique, svelte et bien à l'aise dans son costume sombre. Son visage déjà bronzé en ce mois de juin, avait des traits fins et un nez droit. Son regard était légèrement fuyant, cela n'était pas si évident pour lui non plus finalement.

Sébastien était rentré en premier dans le hall de l'hôtel, et en s'approchant du comptoir il lui avait lancé un clin d'œil en disant « le moment le plus difficile c'est celui là, affronter le regard du gardien ». Samuel était resté à l'arrière, pétrifié de honte. Quand Sébastien lui fit signe, il se dirigea vers lui les yeux baissés pour surtout ne pas voir le gardien. Dans l'ascenseur Sébastien plongea son regard sur lui en souriant « Alors c'est la première fois, vraiment ? ».

La chambre était au fond du couloir.

Lorsque la porte s'était refermée derrière eux, ils avaient lâché un soupir de soulagement. Sébastien s'était alors assis sur le lit. Desserrant sa cravate, il l'avait regardé à nouveau en riant « tu vas rester debout contre le mur ? Ne t'inquiète pas je n'ai mangé personne jusqu'à présent. Viens t'asseoir près de moi ».

Samuel s'était exécuté, et à peine assis, ses yeux se perdirent dans ceux de Sébastien. Il avait savouré quelques secondes l'instant magique qui précède le premier baiser. Lentement leur bouche s'était rapprochée et Samuel avait ressenti alors une émotion si intense qu'il en avait eu le souffle coupé.

Samuel se souvenait de l'émerveillement de la découverte du corps de Sébastien. Les gestes lui semblaient naturels. Il avait si souvent imaginé cet instant, si souvent rêvé, que les caresses étaient précises. Il se souvenait du toucher de la peau, c'était fascinant. Samuel était comme envoûté par le parfum qui émanait d'elle.

Lorsque le calme était revenu dans la petite chambre d'hôtel. Sébastien, avait lâché « j'ai du mal à croire que c'était la première fois ».

Samuel avait pris ça pour un compliment.

L'après midi avait été complètement improductive.

Il était resté devant son écran d'ordinateur pendant des heures sans le regarder. Il se répétait sans cesse « ça y est, je l'ai fait, je l'ai fait ». Plusieurs fois dans l'après midi, sa bavarde de secrétaire avait essayé d'attirer son attention, mais en vain. Samuel était ailleurs, quelque part au cinquième étage d'un hôtel du centre ville, dans les bras de Sébastien.

CHAPITRE 2

La fin des haricots

Et moi je te connais à peine
Mais ce se serait une veine
Qu'on s'en aille un peu comme eux
On pourrait se faire sans que ça gêne
De la place pour deux
Mais si ça ne vaut pas la peine
Que j'y revienne
Il faut me le dire au fond des yeux
Quel que soit le temps que ça prenne
Quel que soit l'enjeu
Je veux être un homme heureux
Je veux être un homme heureux
Je veux être un homme heureux

William Sheller - Un homme heureux - 1991

Le choix

Le lendemain matin, les yeux cernés par une nuit sans sommeil, Samuel prépara du café et le biberon de Léo qui ne tarderait pas à se manifester. Il regarda autour de lui. La maison qu'ils venaient de faire construire dans un charmant village de la banlieue bordelaise n'était pas tout à fait terminée. Il s'attarda un moment sur le crépi des murs et jugea que cela n'avait pas été sa meilleure idée de déco. Ils avaient voulu donner un côté rustique à cette maison de jeune couple. Heureusement il avait fait faire une cuisine américaine qui rattrapait un peu cette erreur. La fenêtre de la cuisine donnait sur leur terrain de six-cent-soixante mètres carré, une performance dans ce lotissement du centre ville en plein développement immobilier. Beaucoup de travail restait à faire mais les fonds manquaient un peu. Un jardin, une piscine, un garage … en aurait-il désormais la possibilité ? La vie semblait si incertaine maintenant. Leur rêve de maison n'était il finalement que mirage ? Un sentiment de découragement le fit s'asseoir sur le banc suédois de la cuisine, la tête dans ses mains. Samuel, n'était pas de ces hommes égoïstes qui ne cherchent que leur propre confort. L'idée de remettre en question son existence et celle de toute sa famille le terrifiait. Il allait faire beaucoup de mal, à Lisa, aux enfants, à leurs parents et à leurs amis, tout cela pour vivre en cohérence avec ses désirs. La sexualité est elle donc si essentielle dans la vie d'un homme ? Cela paraît si réducteur en fin de compte. Ne pouvait-il pas refouler tout cela comme il l'avait fait pendant toutes ces années et reprendre le cours normal d'une vie tranquille et traditionnelle ? Il avait bientôt trente ans.

Le café était prêt, il se leva et pris la cafetière. Lisa était partie tôt travailler, son bol était resté sur la table. Il pensa à elle. Sa journée allait être sûrement difficile pour elle aussi. Elle devra pourtant s'occuper de ses malades comme d'habitude. Il n'y a pas de place pour les états d'âme d'une infirmière en plein désarroi à l'hôpital.

Léo chantait dans son petit lit blanc à barreaux. Samuel monta les escaliers sans se soucier du bruit de ses pas sur le bois des marches. S'il continuait à ce rythme, la famille allait être en retard. Au passage devant la chambre des filles, il poussa la porte et lâcha un « coucou » enfantin.

-   Il faut ouvrir les yeux mes biches, un œil après l'autre, vous devriez y arriver. On va être en retard.

Il n'eut que quelques soupirs pour réponse. Marie serait sûrement la première debout de toutes les façons. Sa sœur aînée avait le lever plus difficile.

Il se pencha sur le lit de Léo qui était exagérément content de le voir. Il bougeait les bras et les jambes comme s'il voulait apprendre à voler. Cela fit sourire Samuel, il le souleva de son lit. Aussitôt le charme fut rompu par une odeur caractéristique. Samuel ne s'y habituerait donc jamais. Il l'emmena aussitôt dans la salle de bain toute proche. Il eut un nouveau haut le cœur en défaisant sa couche puis s'affaira à cette basse besogne. Samuel n'avait jamais compris comment on pouvait prendre plaisir à changer la couche d'un bébé. D'ailleurs, il troquait souvent avec Lisa le bain et le biberon contre cette épreuve.

Au moment de redescendre, il repassa dans la chambre des filles, Chloé était assise dans son lit, manifestement elle n'avait pas encore recouvré toutes ses forces pour affronter la vie. Un coup d'œil au lit du bas, il était vide. Il scruta la chambre mais Marie n'était plus là.

Il descendit avec Léo dans les bras, il trouva Marie dans la cuisine confortablement installée sur le banc qui attendait qu'on lui serve son petit déjeuner.

Il déposa Léo sur son fauteuil à bascule et fit un rapide bisou à sa fille avant d'aller récupérer le biberon dans le micro-onde car le fauteuil était le top départ pour Léo. Il fallait aller vite sous peine d'avoir les tympans crevés.

Pendant que l'ogre de service s'alimentait, Samuel alla s'asseoir près de sa fille. Elle posa délicatement sa tête sur son flanc.

- Je veux des corn flakes de toutes les couleurs, dit-elle doucement.
- Avec du lait froid ou chaud ?
- Chaud… non … froid !

Il remplit un petit bol coloré puis put enfin reprendre un café.

Une heure après il attachait les filles à l'arrière de la Ford et installait Léo sur le siège bébé à l'avant. En sortant de la cour, il aperçut la voisine et lui fit un signe de la main. C'est étrange comme cette femme était toujours là à toute heure, comme si elle attendait son passage pour sortir de sa maison.

Première escale, la crèche a deux cents mètres de là à peine. Il remit son diablotin dans les bras d'une assistante maternelle. Celle-ci lui avait dit un jour que son concubin était l'un de ses collègues et même si l'entreprise publique comptait pas moins de mille-cinq-cents âmes, il savait de qui il s'agissait parfaitement, un homme sportif qui semblait bien plus jeune qu'elle d'ailleurs.

Deuxième escale, l'école maternelle pour les filles, de l'autre côté de l'église du village. Cette école avait bien voulu prendre la petite Marie à trois ans à peine à la rentrée, deux mois auparavant. Ce qui leur avait enlevé une épine du pied ou plutôt du porte-monnaie.

Puis, il retraversa le village afin d'atteindre la route de Bordeaux et se rendre à son travail en centre-ville.

Samuel était cadre informatique et dirigeait une équipe de quinze informaticiens. Ce travail le passionnait. L'informatique avait été une révélation pour lui, même si cela n'avait pas été sa première idée d'étude. Un concours de circonstance lui avait fait connaître une école reconnue qui, selon les dires de la meilleure amie de Lisa, servait de vivier pour les entreprises de services informatiques de la région lorsqu'ils étaient à Marseille. Un congé formation plus tard, il obtint son diplôme qu'il put mettre à profit dans son entreprise.

Vers midi, il passa un coup de fil à Sébastien. Il fallait l'informer des événements.

- Comment ? tu plaisantes ? mais que s'est il passé ? tu vois, nous avons pris trop de risques ces derniers temps. Et comment l'a-t-elle appris ?
- Elle a téléphoné au bureau, et on lui a dit que j'étais parti depuis longtemps.
- Quel est l'imbécile qui a dit cela ? il y a des gens qui franchement ne réfléchissent pas aux conséquences de leurs mots.
- En l'occurrence, ils n'ont pas à jouer le rôle d'alibi, non plus.
- Certes, mais un peu de réflexion ne tue pas. Bon, que vas tu faire ?
- Pour l'instant, je ne sais pas, elle … elle parle de divorce.

Samuel eut la voix qui dérailla un peu en disant cela, l'émotion était trop forte. De plus il n'était pas sûr de la réaction de Sébastien.

- De divorce ? est-elle catégorique ? elle va réfléchir, tu verras, ne t'inquiète pas bébé.
- Je ne sais pas si je m'inquiète. Je ne pense plus rien, tu comprends ? depuis que je sais que tu vas quitter ta femme, je ne vis plus. Je me demande si je n'ai pas, inconsciemment, provoqué cette situation.
- Que veux-tu dire ?
- Je suis terrifié à l'idée que tu prennes un appartement, tout seul, dans deux mois. Tu vas être célibataire et vivre ton homosexualité. Les premiers temps tu m'attendras et puis un jour tu en auras mare d'être pendu à mon agenda et tu me quitteras. Je ne pense qu'à ça, tu comprends ? si tu me quittes, je crois que j'en mourrais. Et ce n'est pas du bidon, quand j'y pense j'ai un coup de poignard dans le ventre qui me ferait hurler. Je ne peux pas vivre sans toi Sébastien, tu entends ?
- Calme-toi mon amour, je ne te quitterai pas, je t'aime aussi. Je dois raccrocher, je te rappelle ce soir vers dix-

sept heures pour te faire une bise avant le week-end, entendu ?

-   Oui, oui, à ce soir.

Samuel resta un moment avec le téléphone dans la main. Il s'en voulait déjà de son excès d'émotion, il n'aimait pas perdre son sang froid. Cette déclaration allait peut-être faire peur à Sébastien.

Depuis plusieurs mois déjà, la crise était survenue dans le ménage de Sébastien. Sa femme avait découvert une photo compromettante dans ses affaires et avait immédiatement compris la situation. Après des semaines de discussions et de douleurs, ils avaient décidé de se séparer en janvier prochain. Leur jeune fils de huit ans, Laurent, en avait été informé par son père. Il avait beaucoup pleuré. On attendait de ce fils unique un comportement d'adulte, mais la séparation des deux êtres les plus chers de sa vie à un âge si vulnérable était très douloureuse.

Sébastien et Samuel en avaient longuement parlé ensemble. Le divorce s'annonçait mal, miné par des enjeux financiers liés aux différents commerces qu'ils détenaient. La procédure se voulait à l'amiable pour protéger Laurent, mais à tout moment le dérapage était possible.

Le seul côté positif était la recherche d'un nouvel appartement qu'ils voyaient comme un futur nid d'amour. Peut être n'étaient-ils pas si loin de la vérité en définitive.

Le soir, Samuel rentra vers dix huit heures, il s'agaça contre la pluie qui tombait sur le terrain de sa maison qui n'était pas encore terrassé. L'argile alluviale collait aux pieds. Il aurait dû commencer par cela, à présent l'argent manquait et ils allaient devoir vivre dans cette gadoue tout l'hiver.

A peine avait il ouvert la porte d'entrée que Chloé se jeta dans ses bras. Sa fille aînée vouait une admiration sans bornes pour son père. Ces grands yeux vert d'eau le regardaient comme un demi-Dieu. Il la serra un long moment contre lui. Samuel avait la curieuse et désagréable impression que ces moments de tendresse être comptés. Samuel ne pouvait pas envisager un éloignement de cet enfant, autant lui arracher le cœur.

- Regarde papa, je t'ai fait un grand dessin avec des animaux comme tu m'as montré.
- Oh magnifique, tu dessines si bien !

Samuel, amusé, regarda le dessin. Une ferme, un chien, un âne, une chèvre ou une vache, il ne savait pas trop et la fermière bien sûr. Les dessins de ses propres enfants sont sûrement les plus beaux.

Lisa était au téléphone.
Samuel eut un petit frisson à l'idée qu'elle pouvait se confier à quelqu'un. Il tendit l'oreille. Manifestement elle parlait à sa mère. Au ton un peu trop désinvolte de la conversation, il comprit que le sujet n'avait pas été abordé. Samuel fut soulagé. Le plus tard serait le mieux.

Il releva le courrier sur la table. Rien de bien intéressant, sauf une carte postale envoyée de St Pétersbourg par un couple d'amis bordelais. Samuel avait connu ce copain à Paris, pendant un stage de deux mois. A l'époque, il était tombé très amoureux de ce garçon qui lui renvoyait une amitié franche. Jamais bien sûr, il ne lui avait fait part de ses sentiments. Aujourd'hui, lorsqu'ils prenaient tout deux un verre en ville, ils discutaient beaucoup travail, beaucoup famille et rabâchaient les souvenirs de leurs soirées de fête dans la capitale. Samuel écoutait ce garçon bavard, mignon comme tout. Il était à l'origine de sa décision de passer cette annonce sur le minitel, mais celui-ci ne le saura probablement jamais.

Lisa raccrocha le téléphone, elle ne s'avança pas pour l'embrasser mais se contenta d'un « salut » d'une froideur bien à elle.
Samuel s'affaira, aidant pour le bain des enfants, le repas. Faire pour ne pas penser, ne pas se parler. De tant en temps leur chemin se croisait dans la maison, mais les regards étaient

fuyants et lâches. La confrontation était bien sûr inévitable mais il y aura un temps pour cela. La présence des enfants ne permettait aucun faux pas.

Le dîner fut surnaturel. Ponctué de conversations débridées. Samuel et Lisa répondaient précipitamment aux questions des filles, qui comblées par tant de sollicitude, étaient intarissables.

Suzanne téléphona pendant que Lisa couchait tout le monde à l'étage.

- Bon, Sam, je pense que je vais venir le week-end de la Toussaint comme prévu. Cela vous va ?
- Oui bien sûr.
- Et bien cache ta joie, je te rappelle que l'on ne s'est pas vu depuis l'été dernier et que, si toi tu ne me manques pas, tes enfants oui.

Sa sœur le mettait toujours de bonne humeur.

- Je n'en crois pas un mot, je te manque comme une folle, car tu m'aimes depuis que tu es toute petite.
- Et bien n'en profite pas et affiche une joie immense lorsque je parle de traverser la France pour te voir.
- Tu viens seule ?

Samuel avait dit cela en cachant à peine son espoir.

- Bien non, Bastien vient aussi, bien sûr.
- Bon, je ferai avec.
- Ecoute, il va bien falloir que tu t'y fasses. Mais…

Elle parut tout d'un coup hésitante.

> …organise une soirée où nous serons que tous les deux, j'ai à te parler de quelque chose, et je ne veux pas en parler à Lisa pour l'instant.

Samuel eut les sueurs froides.

- Me parler, de quoi ? … de moi ?

- Mais non, arrête de croire qu'il n'y a que toi dans ma vie.
  J'ai besoin de parler de quelque chose avec toi, ne m'en
  demande pas plus. J'ai arrangé l'affaire avec Bastien et il
  a accepté le principe de rester un soir avec Lisa.
- Que de mystères ! j'aurai peut-être aussi des choses à te
  dire.
- Bon voilà qui est parfait, on est sûr de ne pas s'ennuyer
  alors. Dit-elle en riant.

Lisa descendit les escaliers. Samuel changea de sujet et acheva sa
conversation téléphonique en parlant de leurs parents.
Lorsqu'il raccrocha, Lisa était assise sur le fauteuil devant la
télévision. Samuel lui proposa un verre de coca. Elle refusa son
essai de convivialité. Il alla tout de même se servir dans la cuisine
puis revint s'asseoir sur le canapé près d'elle.

- Comment s'est passée ta journée ?
- Superbe ! sourire aux malades, plaisanter avec eux car ils
  ont besoin d'avoir le moral. Se concentrer sur les
  préparations quand tu as la tête qui boucle sur tes
  propres problèmes. Un vrai plaisir ! Mais je te remercie
  de te préoccuper de ma petite personne.
- Je suis désolé. Ne crois pas que je ne souffre pas. Cela
  me rend malade de te faire du mal. Je n'ai pas souhaité
  cela. C'est quelque chose qui s'est passé malgré moi. Je
  voulais seulement savoir comment c'était. Je n'avais pas
  du tout prévu que je tomberais amoureux, tu
  comprends ? Je n'aurais jamais dû le revoir. J'ai été naïf
  de m'imaginer que cela pouvait n'être que sexuel. En fait
  même entre hommes la relation se construit de la même
  manière qu'un couple classique.
- Tu parles de couple. Tu es déjà passé à autre chose que
  nous. Tu me permettras quelques heures de larmes
  avant de fêter ta crémaillère.

Elle faisait manifestement d'énormes efforts pour ne pas
exploser. Son tempérament colérique affleurait à plusieurs

endroits. Ses mains s'ouvraient et se fermaient inlassablement, sa lèvre inférieure tremblait et ses yeux ronds regardaient fixement le sol.

Samuel voulut éviter le conflit violent.

- Tu préfères en parler plus tard ?

Elle le regarda comme s'il était un extraterrestre.

- Non mais tu plaisantes ? depuis ce matin j'attends d'avoir une conversation. Tu ne vas pas te défiler aussi facilement.
- Je t'écoute, Lisa, je t'écoute. Dis-moi ce que tu veux savoir.
- Je ne sais pas... je ne réalise pas ...est-ce fini entre nous ? allons-nous réellement divorcer ? les enfants sont si petits, nous allons les traumatiser. Nous sommes des monstres !
- Nous ne serons jamais des parents indignes, Lisa, quoi qu'il advienne.
- C'est un peu prétentieux de dire cela.
- Ce dont les enfants ont besoin, c'est d'avoir des parents heureux. Seuls des parents heureux peuvent donner l'amour qu'ils attendent. Si nous sommes malheureux, ils le seront aussi. Nous ne devons pas leur imposer nos larmes, car ce sont elles qui sont traumatisantes. Dans les divorces, le spectacle lamentable des combats stériles alimentés par l'orgueil et la peine provoquent des plaies inguérissables.
- Tu penses t'en sortir mieux que les autres, sans doute ?
- Je pense que nous devons faire en sorte de garder toujours à l'esprit le bonheur des enfants et ... de respecter leur amour chacun l'un pour l'autre.
- En résumé, il faut que j'avale ma rancœur et que je te souris.
- Nous devons rester toujours respectueux l'un de l'autre devant nos enfants. Pour moi, tu seras toujours la

meilleure mère, et je ferai en sorte de ne jamais te décevoir dans mon rôle de père.

Lisa semblait redevenue calme. Les mots de Samuel la touchaient probablement. Samuel comprit que la plus grande inquiétude de sa femme était l'avenir des enfants. Son intime conviction le persuadait qu'il avait raison et il ferait tout pour qu'il en soit ainsi.

- Demain, je voudrais que tu t'occupes des enfants. Je souhaite être seule l'après-midi. J'irai faire les courses moi-même. Es-tu d'accord ?
- Bien sûr.

Lisa se leva et se dirigea vers l'escalier. Elle se retourna un instant vers Samuel.

- Le divorce est inévitable, n'est-ce pas ?
- Les procédures sont longues. Nous allons vivre un long moment ensemble encore. Peut-être que le temps nous viendra en aide, ajouta-t-il sincèrement.

Lisa, monta à l'étage. Samuel s'approcha du meuble hi-fi et mit dans le lecteur CD un disque de William Sheller. Il écouta en boucle la chanson « Un homme heureux » jusqu'à très tard dans la nuit.

Le week-end de la Toussaint était annoncé sans pluie.

Samuel patientait sur le vieux banc qu'il avait installé sur la petite terrasse de l'entrée. Sa sœur allait arriver d'un moment à l'autre. La soirée était douce, et il eut une très forte envie de fumer une cigarette. Cela ne passera donc jamais, se dit-il, même après deux ans de sevrage. Il avait craqué plusieurs fois ces derniers jours et avait quêté quelques cigarettes à ses collègues de travail. Il se souvint dans un soupir de soulagement que sa sœur fumait.

Un coup de klaxon au bout de l'allée. Samuel fit signe d'entrer avec la voiture en montrant du doigt l'emplacement du futur garage.

Sa sœur le serra un long moment dans ses bras. Puis avant de se séparer, chacun leva un pied en arrière. Geste infantile qui remontait à bien loin dans leur enfance lorsqu'ils avaient ri tout deux en voyant à la télévision une curieuse danse des années vingt ponctuée de ce geste. Ils éclatèrent de rire comme à l'accoutumé.

Bastien regardait la scène le visage un peu figé. Il n'aimait pas trop la relation de sa femme envers son frère. Samuel le salua d'une manière trop enjouée pour être honnête.

- Lisa n'est pas là ? demanda Suzanne.
- Elle revient tout de suite, elle est avec les filles au village.
- Et ton petit bonhomme ?
- Il dort dans son petit siège. Entrons le voir.

Ils entrèrent dans la maison, le bruit réveilla Léo, et Suzanne eut droit à un regard contrarié. Suzanne éclata de rire.

- Mon dieu, ces yeux sombres ! C'est vrai que nous n'avons pas trop l'habitude et ça surprend, qu'il est beau !
- N'est ce pas ? comme son père.
- Tu plaisantes, bien plus beau que toi. J'espère surtout qu'il sera plus modeste.

-   C'est mal parti, il est du genre à vouloir capter l'attention de tout le monde.
-   C'est une tare familiale, que veux-tu !

Lisa arriva au moment où Samuel installait l'apéritif. Il décela dans son visage un petit gène invisible pour les non-initiés. La soirée fut très agréable malgré les blagues à deux balles de Bastien.

Le lendemain matin, Samuel se leva anxieux. Ils avaient décidé avec Suzanne de sortir le soir même tous les deux et il ne savait pas comment il allait s'y prendre pour lui annoncer son homosexualité.
Il ne voulait pas que sa sœur croie à la simple lubie d'un mari délaissé par une femme devenue trois fois maman en cinq ans. Elle allait forcément réagir par peur des conséquences pour les enfants. Il la savait très large d'esprit mais elle, dont le métier tournait autour de la psychologie pédiatrique, ne manquerait pas de tirer quelques signaux d'alarme validés par le docteur Freud. Il ne fallait pas l'inquiéter, y arrivera-t-il ?

C'est alors, qu'il eut une idée géniale.
Il profita que tout le monde prenait le petit déjeuner pour s'absenter quelques minutes et monter à l'étage. Il revint satisfait et fit un clin d'œil à Suzanne en reprenant joyeusement un petit pain au lait. Suzanne resta un peu incrédule puis reprit sa conversation sur la vie en Beaujolais où tout semblait prétexte pour les gars du coin à aller faire le tour des caves à vin. Cela rendait la population masculine locale, disait-elle, rougeaude dès la quarantaine. Cela l'amusait autant que cela la navrait.
Bastien n'aimait pas quand elle parlait des hommes même pour se moquer d'eux.

Un moment plus tard, Samuel prit sa sœur en a parte.

-   Suze, tu te souviens que je dois te dire quelque chose ?

- Oui, et tu te souviens que moi aussi, mais attends ce soir.
- C'est entendu, mais je voudrais te dire… enfin je voudrais que tu saches maintenant ce dont je vais te parler ce soir. Comme cela, tu auras le temps d'y réfléchir un peu.
- Je suis en week-end, ne me demande pas trop de réfléchir, je crains d'avoir eu la sottise de laisser mes neurones à Lyon.
- Suze, c'est sérieux. Tu vas aller dans la salle de bain dès qu'elle est libre. Sur l'étagère près de la fenêtre tu trouveras un livre. Il s'agit de XY d'Elisabeth Badinter. Tu connais ?
- Je ne l'ai pas encore lu, mais j'en ai bien sûr entendu les excellentes critiques. Je dois me le procurer. Et donc tu veux que je le lise d'ici ce soir, n'est ce pas ? Cool ! vous n'allez pas beaucoup me voir dans la journée.
- Suze, écoute-moi. Tu vas simplement l'ouvrir à la page 257 et lire à partir du dernier paragraphe les quatre pages suivantes.

Elle cessa de plaisanter et le regarda inquiète.

- Mon Dieu, Sam tu me fais peur ! que m'as tu encore inventé ?
- Allez, fais-le et tu me feras un signe discret dès que tu l'auras fait.
- Donc il ne faut pas que je le lise à haute voix, c'est ça ?
- Suze !

Elle pouffa et se dirigea vers les escaliers en se répétant doucement « 257, 257, 257 ». Samuel s'aperçut qu'il tremblait de tous ses membres, il aurait pu claquer des dents. Sa vie pour une cigarette.

Suzanne ne redescendit que trois quarts d'heure après. Samuel était dans un état épouvantable. Lorsqu'il aperçut son visage, il ne décela aucune expression particulière. N'avait-elle pas exécuté sa demande ? Il est vrai, qu'elle avait ce talent de faire preuve d'impassibilité devant l'émotion, aussi digne qu'une princesse royale. Samuel sortit sur le perron, espérant que sa sœur le suivrait. Ce qu'elle fit quelques secondes plus tard.

- Tu veux bien me donner une cigarette, s'il te plait ? demanda-t-il sans réfléchir.
- Tu aurais pu me dire qu'il était raisonnable de se faire faire un check-up cardio-vasculaire avant de monter lire ton livre.
- Tu l'as lu, donc ?
- Je l'ai lu… donc !
- Et qu'en penses-tu ?
- Le style est bon, les informations sont factuelles et Badinter décrit bien l'ambiguïté de la société vis-à-vis de l'homoparentalité. D'un côté elle reconnaît, en se référant aux différentes études, que cela n'est pas un problème dans l'éducation des enfants, mais la société, y compris française, ne se soigne pas d'une homophobie latente qui ne tolère pas ce type de famille, et …
- Suze ! arrête ! Dit-il mi-amusé, mi contrarié.

Suzanne baissa la tête. Elle chercha la main de son frère et la serra très fort.

- Je crois que je l'ai toujours su, tu sais ? longtemps, je me suis raisonnée, me persuadant que cette sensibilité naturelle ne te rendait pas pour autant « différent ». Tu as toujours eu des petites amies, et puis un jour il y a eu Lisa et les enfants. J'ai laissé tomber en me traitant de folle. Mais regarde à présent comme l'intuition d'une sœur est juste. Oh Sam, comme je te plains !
- Non, je ne veux pas de compassion. Je suis heureux Suzanne. Je suis dans une situation épouvantable, mais je suis heureux.
- Et Lisa, ne se doute-t-elle de rien ?

- Je le lui ai dit il y a quelques jours. Nous… allons probablement divorcer.

Suzanne devint livide.

- Mais Sam ! Vous n'y pensez pas ? c'est une folie. N'êtes-vous pas capables de passer ce cap tous les deux ? Vous devez vous raisonner. Sam, je connais Lisa, elle peut comprendre…
- Suzanne, je suis amoureux d'un garçon.

Suzanne le regarda dans les yeux. Elle connaissait son frère si bien. Cette annonce ne pouvait pas être prise à la légère. Comme elle pouvait comprendre ce qu'il ressentait ! Elle qui connaissait ce sentiment si fort, si merveilleux et si dévastateur. Oserait-elle lui dire maintenant ?

- Ecoute, nous reprendrons cette conversation ce soir, tu veux bien ? Nous allons attirer l'attention de « qui-tu-sais » si nous ne rentrons pas.
- Ok, tu as raison. Je t'emmène dans un excellent restaurant indien dans le vieux Bordeaux. Cela te va ?
- Parfaitement. J'adore le charme mystique des hindous ! répondit-elle, recouvrant son sourire.

La journée fut vivifiante grâce à une escapade au bord de l'océan. La belle après-midi avait permis une longue balade sur la plage. Samuel portait le petit Léo dans un sac kangourou, seul son nez semblait être affecté par la brise marine en arborant une couleur rouge.

Le charme de la côte girondine avait agi sur les Lyonnais. Même s'ils s'accordaient à dire que la Méditerranée était magnifique, l'immensité des plages sauvages, bordées par les dunes blondes recouvertes d'oyats, pouvait obtenir leur préférence.

Samuel ne manqua pas de jeter un œil attendri sur une partie de la dune, particulièrement abritée du vent, propice aux amoureux…

Vers dix-neuf heures trente, Samuel et Suzanne, sortaient du lotissement pour foncer vers le centre ville de Bordeaux.

Le restaurant était situé dans le vieux quartier Saint Pierre. Samuel se gara au niveau de la place des Quinconces, près de la tour des girondins. Ils longèrent le Grand Théâtre et prirent la rue Sainte Catherine. Ils tournèrent enfin à l'angle de la rue Saint Rémi puis s'enfoncèrent dans les ruelles étroites bordées d'immeubles sombres, qui donnait à « la belle endormie » un air médiéval.

L'entrée du restaurant était à peine visible du coin de la rue, seulement reconnaissable par une enseigne rouge. Le « charme indien » opéra immédiatement par l'intermédiaire d'un serveur qui vint à leur rencontre dans l'entrée. Suzanne lança un regard malicieux à Samuel et le suivit au milieu des tables et des clients. Ils s'installèrent face à face.

Suzanne ne fit pas de remarque sur le troisième couvert dressé à côté d'elle.

- Bon, Suzanne, je t'écoute.
- J'ai besoin d'aide, peux-tu me commander un kir, s'il te plait.
- Mon dieu, ne m'annonce pas que tu es lesbienne, je t'en pris, je ne le supporterais pas. Dit-il en riant.
- Très drôle, vraiment. Non je ne te ferai pas cette joie. C'est une catastrophe je le crains, et je pense qu'à tous les deux, nous allons tuer nos bons parents.
- Je ne suis pas prêt à leur annoncer quoi que ce soit, s'empressa-t-il de préciser.

Ils furent interrompus par le serveur qui leur amenait les cartes. Samuel commanda deux kirs. Le serveur s'éloigna.

- Moi je pense que je vais devoir leurs annoncer malgré moi.
- Mais que se passe-t-il, Suze ?

- Je ne supporte plus la vie avec Bastien.
- Je te rappelle que tu viens de te marier il y a à peine un an !
- Je sais, mais il a tellement changé. Depuis quelques temps, il entre dans d'énormes colères lorsque je ne rentre pas du travail à l'heure. J'ai parfois des réunions qui me retardent.
- C'est parce que tu lui manques, c'est normal.
- L'autre soir, il m'attendait devant l'institut où je travaille deux jours par semaine. Il n'était pas là pour me faire une surprise mais pour m'espionner. Il ne veut plus que je conduise la voiture et il voudrait que j'arrête de travailler pour lui faire un enfant.
- Tu sais, il a toutes les caractéristiques du jaloux maladif. Ce n'est pas une surprise pour moi, ni pour Lisa d'ailleurs. Elle ne doit pas être à la fête avec lui ce soir.
- Cela se voit tant que ça ?
- Je pense que l'amour t'a rendu aveugle.
- Je recommence à voir, dit-elle les yeux dans le vague.

Les kirs arrivèrent. Avant que le serveur n'ait pu prononcer un mot, Samuel dit qu'ils n'avaient pas regardé la carte et qu'il leur fallait un peu de temps. Le serveur regarda Samuel puis l'assiette vide à côté de Suzanne, puis complice lâcha en s'en allant :

- Mais bien sûr, Monsieur, on attend un peu.

Suzanne avait le nez dans son kir. L'alcool semblait lui procurer un soulagement. Samuel s'inquiéta.

- Tu ne sombres pas dans l'alcool tout de même ?
- Mais non, la tournure des choses me stresse. Je crois que je me suis trompée.

Samuel regarda sa montre.

- Suzanne, je dois t'annoncer quelque chose.

- Encore, mais tu ne m'épargnes rien, dans l'état où je suis.
- Je sais, et je crains que ce ne soit pas une très bonne idée que j'ai eue en définitive. En fait, nous allons avoir un invité à table.
- Un invité ? mais qui donc …Samuel, ne me dit pas que tu as invité ton …
- Sébastien va arriver d'un moment à l'autre.

Suzanne se leva d'un bond et attrapa son sac à main. Samuel tenta de la retenir.

- Suze, excuse-moi ! ne le prend pas comme ça, je …
- Je vais aux toilettes me refaire une beauté, je reviens. Je ne dois pas te faire honte et décevoir ce garçon, tu ne penses pas ?

Elle s'en fut rapidement vers l'arrière du restaurant.
Cette fille est extraordinaire, pensa Samuel en se rasseyant.

Samuel se dit alors qu'il serait mieux que Sébastien arrive avant que sa sœur ne revienne afin de l'informer des turpitudes de son ménage. Toutefois il se rassura en se souvenant qu'il avait très souvent fait état de son aversion pour son beau-frère. Sébastien s'amusait en lui rétorquant que Samuel était amoureux de sa sœur, et qu'il ne supporterait sûrement jamais un rival : « avec vous deux, même un psychiatre deviendrait fou ! » ajoutait-il.

Bien évidemment, les choses n'arrivent jamais dans l'ordre souhaité. Quelques minutes plus tard, Samuel eut la surprise de voir arriver à sa table sa sœur et Sébastien de manière quasi synchronisée. Suze s'aperçut de la présence du jeune homme derrière elle lorsqu'elle était en train de s'asseoir. Un léger malaise s'en suivit et Samuel se leva en bredouillant, comme à chaque fois qu'il n'avait pas le temps de gérer son émotivité naturelle.

\- Suze, voici … hum… je … enfin … je te présente Sébastien.

Elle se leva maladroitement et sans rien dire lui fit la bise. Deux pour Sébastien et trois pour Suzanne, ce qui classiquement fit claquer la dernière bise dans le vide.
Samuel s'ordonna de reprendre la situation en main et s'adressa à Sébastien.

\- J'étais justement en train d'annoncer ton arrivée à Suzanne. Je crois qu'elle est ravie de te rencontrer puisqu'elle est allée immédiatement se faire belle pour toi aux lavabos du restaurant.

Sébastien éclata de rire pendant que Samuel sursautait à cause du coup de pied magistral qu'il venait de recevoir sous la table.

\- Mon frère a toujours su me mettre parfaitement à l'aise. Toute petite, je voulais déjà le tuer.
\- Quel dommage ! ricana Sébastien… de ne pas l'avoir fait bien sûr.

Suzanne apprécia qu'il se rangeât de son côté. Samuel s'en aperçut et se félicita de les avoir placés côte à côte face à lui, ce qui stratégiquement, devrait faire d'eux des alliés.

Le serveur se pointa immédiatement. Tout le monde s'affaira à trouver son menu dans la carte toujours un peu compliquée des restaurants étrangers. Samuel aida sa sœur et Sébastien aida Samuel.

La discussion débuta sur Bordeaux et sur l'impérieuse nécessité de réveiller cette ville qui prenait du retard dans ses infrastructures par rapport à sa concurrente directe, Toulouse. Les années « Chaban », le maire de la ville depuis plus de 45 ans, n'avaient pas permis de moderniser les transports urbains, et les façades XVIIIème étaient sales et noircies. La ville tournait le dos à son fleuve au passé douteux, commercialement parlant. Samuel s'en était étonné à son arrivée dans la capitale de l'Aquitaine. Alors que toutes les villes aménageaient les rives des fleuves qui les traversaient, les quais bordelais étaient à l'abandon avec une série de hangars en ruine et malfamés, un véritable coupe-gorge. Sans parler des ponts qui manquaient cruellement et qui chaque jour provoquaient des embouteillages monstres pour les personnes qui vivaient sur la rive droite.

Sébastien était arrivé dans cette ville qu'il aimait par dessus tout alors qu'il était lycéen. Aujourd'hui il se sentait complètement bordelais et avait adopté, de ce fait, toutes les caractéristiques du chauvin local. Samuel disait pour taquiner que même les Marseillais semblaient moins fiers de leur ville.

Au moment où le bel indien servit le plat, la discussion se fit plus grave en revenant sur les problèmes de Suzanne.

- Je ne me projette plus dans l'avenir avec Bastien, cela ne me semble pas normal après un an de mariage. Je ne pense pas que cela puisse être un caprice. Je crains que ses problèmes psychologiques ne s'aggravent plus que ne s'améliorent et cela me trouble.
- Ses problèmes psychologiques ? questionna Sébastien.

Samuel ricana en a parte pour Sébastien,

- Suzanne veut dire qu'il n'est pas très net !
- Non rien de pathologique, enchaîna Suzanne, il est simplement le dernier d'une famille où la mère a des tendances dépressives limite névrotiques. Son enfance n'a pas été facile et aujourd'hui, Bastien n'a aucune confiance en lui. Il développe une jalousie maladive. Je ne me sens pas le courage de le porter sur mes épaules toute ma vie. J'ai besoin moi aussi d'une épaule rassurante.
- Mais tu as l'air de le découvrir. Tu m'aurais posé la question il y a un an, je t'aurais dit de tout annuler. Même notre frère Paul m'en avait parlé. Je crois même me souvenir qu'il t'avait proposé de dire non devant le

maire, créant ainsi un scandale… ce qu'il aurait adoré je pense.

- Je crois que je n'ai pas voulu voir, c'était pour moi une manière de m'affirmer et de défendre le faible. Et puis Papa et Maman sont tellement gentils. Ils ont préparé ce mariage avec tout leur cœur, quelle cruauté eut été la mienne de tout annuler au dernier moment ! Ils sont si sensibles au regard des autres.
- Faut dire que pour rester inaperçu dans le village, il faut se lever tôt. D'ailleurs c'est pour cela que je pense ne jamais raconter ma vie dissolue dans les bras du plus beau bordelais, à quiconque au bled, ajouta Samuel.
- Suivant la tournure de ton mariage, mon chéri, il faudra avoir le courage de t'assumer, répliqua Suzanne.
- Le problème ne vient pas de moi, rassure-toi, répondit-il un peu vexé. En fait je peux tout dire aux parents, je crois n'avoir aucune honte à être homo, c'est peut-être même le contraire, mais je ne veux pas qu'ils aient à assumer ce que je suis devant les autres.
- Je n'ai jamais aimé les villages et je sais pourquoi. Les gens y sont mesquins et intrigants, dit Sébastien.

Samuel sourit à Sébastien d'un air entendu puis il regarda Suzanne.

- T'ai-je dit que Séb avait une devise dans la vie.
- Ah bon ? et que dit-elle ? questionna Suzanne.
- « Il ne faut jamais aimer les gens à priori », mais appendre à les aimer lorsqu'ils deviennent dignes de confiance. Dans ce schéma là, c'est donc à l'autre de prouver qu'il est digne de l'amour que « Monseigneur » peut lui donner. Pour ne rien te cacher, c'est là notre principal point de divergence, étant pour ma part dans un raisonnement inverse, expliqua Samuel.
- Toi tu es trop gentil, et tu ne vois pas le mal. J'ai peur que tu ne te brûles les ailes un jour, dit Sébastien.
- J'ai bien réussi à arriver intact jusqu'à toi, mon grand.

- Dieu merci ! s'exclama Sébastien d'un air coquin.

Suzanne les observait se chamailler d'un air songeur. Elle capta dans le regard des deux tourtereaux quelque chose de fort, entre l'admiration et l'amour. Son Sam était à des années lumières d'elle, fasciné par Sébastien. Elle ne connaissait pas ce garçon mais il semblait lui aussi conquis par Samuel, mais comment ne l'aurait-il pas été ?
Suzanne comprit que tout était désormais écrit pour eux.

Elle n'avouera pas ce soir à son frère la vraie raison pour laquelle son propre mariage est à l'agonie.

CHAPITRE 3

Le nouveau né

Une nuit je m'endors avec lui
Mais je sais qu'on nous l'interdit
Et je sens la fièvre qui me mord
Sans que j'aie l'ombre d'un remords

Et l'aurore m'apporte le sommeil
Je ne veux pas qu'arrive le soleil
Quand je prends sa tête entre mes mains
Je vous jure que j'ai du chagrin

Et je me demande
Si cet amour aura un lendemain
Quand je suis loin de lui
Quand je suis loin de lui
Je n'ai plus vraiment toute ma tête
Et je ne suis plus d'ici
Oh ! je ne suis plus d'ici
Je ressens la pluie d'une autre planète

Quand il me serre tout contre lui
Quand je sens que j'entre dans sa vie
Je prie pour que le destin m'en sorte
Je prie pour que le diable m'emporte

Et l'angoisse me montre son visage
Elle me force à parler son langage
Mais quand je prends sa tête entre mes mains
Je vous jure que j'ai du chagrin

Véronique Samson – Amoureuse - 1972

Bas les masques

Sébastien n'aimait pas les fêtes de fin d'années, ni aucune autre fête de famille d'ailleurs. En fait il n'aimait pas la famille. Samuel se demandait souvent ce qui avait bien pu se passer dans son enfance qui pourrait expliquer son association immédiate du mot « famille » au mot « contrainte ». Etait-ce lié à la séparation de ses parents, bien qu'il fût âgé de plus de vingt ans lorsque sa mère quitta le domicile conjugal ? Il était en froid avec cette mère très indépendante et ne voyait quasiment jamais son père qui depuis la séparation vivait dans l'attente du retour de sa femme. Samuel, peu habitué à cette ambiance le plaignait beaucoup, mais Sébastien ne semblait pas vraiment affecté par cette situation.

En société, Sébastien était d'un abord froid et difficile, mais s'il décidait que la relation pouvait se mettre en place, on découvrait peu à peu un être plein d'humour et d'autodérision. Ce n'était toutefois pas là le trait le plus singulier de sa personnalité. En effet, le plus déroutant était ce pouvoir de fascination qu'il exerçait sur la plupart des individus. Sébastien ne laisse jamais indifférent, qui que ce soit, en bien ou en mal. Il est hypnotique.

La séparation de corps imminente d'avec sa femme l'obligeait déjà à négocier la journée de Noël ou du jour de l'an pour la garde de son fils. Il avait trouvé un appartement dans le quartier St Bruno, un T2 situé à l'étage d'une maison de ville. Le propriétaire avait promis les clefs avant la fin du mois de décembre bien que la location démarrait le 3 janvier. Peut être aurait-il pu l'aménager avec son fils le week-end du premier de l'an, ce qui pouvait détendre l'atmosphère pesante de ces premières fêtes de fin d'années de futur divorcé. « Aménager » était un bien grand mot, car Sébastien tenait à divorcer « à l'amiable », et pour cela avait pratiquement décidé de tout laisser à sa femme. Il fallait donc en fait tout acheter et il dut courir de magasin en magasin avant que son fils n'arrive pour le week-end. Samuel vint le voir la semaine qui suivait, très impatient. Sébastien lui ouvrit la porte avec un enthousiasme un peu forcé.

-   Bienvenue chez moi !

Samuel nota qu'il avait dit « moi », mais ne releva pas. Il resta interdit devant l'appartement complètement vide avec au centre de la pièce une table de camping et deux chaises.

-   Bien, j'adore les ambiances épurées ! réussit-il à prononcer.
-   Tu sais, on va me livrer les appareils électroménagers que j'ai loués dans la semaine. A ce propos, j'aurais besoin de toi car la livraison est dans la matinée de jeudi et je ne pourrais m'absenter de mon bureau, comme tu travailles juste à côté, peut être peux-tu me remplacer ?
-   Jeudi ? je pense que oui. Mais ... je ne savais pas que l'électroménager se louait.
-   Si bien sûr, cela me convient mieux. En revanche, j'ai un réfrigérateur et une télévision que l'on m'a donnés.
-   L'essentiel est là alors, ironisa Samuel.
-   Pas vraiment je n'ai pas encore de lit.
-   Pas de lit ?

Samuel traversa la pièce qui servait de séjour, de salon et de cuisine. Un mur presque entier formait une baie vitrée qui donnait sur le jardin de l'appartement du bas. Samuel jeta un œil et trouva la vue charmante, puis il passa derrière la demi-cloison qui séparait la chambre. L'espace réservée était correct. Tout un mur était pris par des portants de vêtements. Au fond une porte donnait sur la petite salle de bain. Sur la moquette gisait une couverture et deux coussins.

-   Tu ne m'as pas dit que ton fils était avec toi ce week-end ?
-   En effet, il était là.
-   Mais vous n'avez pas dormi à même le sol, quand même ?
-   Nous n'allions pas aller à l'hôtel, tu sais je suis à sec ! dit Sébastien un peu vexé.

Samuel n'insista pas. Il ressentit une profonde tristesse. Sébastien était habitué à un train de vie assez élevé, et cette situation devait sans doute lui peser, surtout vis à vis de son fils.

- Comment Laurent a-t-il trouvé l'appartement ?
- Petit mais sympathique. Tu sais, il est habitué à plus de confort. Mais il est très content de vivre avec moi la moitié de son temps, même si c'est ici.
- J'espère pouvoir obtenir la garde alternée aussi, si je divorce. Je trouve cela tout à fait moderne et équilibrant pour les enfants. Mais les miens sont si petits et je crains que le juge ne privilégie leur mère.
- Le juge a effectivement questionné Laurent pour avoir son avis sur la question.
- Sait-il que tu es homosexuel ?
- Je ne crois pas que ma femme l'ait dit. Nous avions convenu de passer cela sous silence. En fait, je lui ai fait un peu de chantage en la menaçant de réclamer la moitié des biens si elle mettait en péril la garde alternée de Laurent.
- Crois-tu que le juge s'opposerait à la garde s'il savait que tu étais homo ?
- Si « elle » savait, les juges des affaires matrimoniales à Bordeaux sont toutes des femmes et ont une réputation de « favoriser » leurs congénères.
- Je ne suis pas sorti de l'auberge ! souffla Samuel, découragé.

Sébastien ouvrit le réfrigérateur, et sortit triomphant une bouteille de vin blanc sec et une assiette, confectionnée par ses soins, composée de morceaux de fromage et de tranches de chorizo.

- Un apéritif pour fêter ma crémaillère en cette nouvelle année 1994 ? lança-t-il.
- Très volontiers mon bébé, répondit Samuel ragaillardi.

Le jeudi suivant, Samuel se pointa à l'appartement à l'heure prévue de la livraison. Sébastien avait laissé sur la table le contrat de location afin qu'il puisse vérifier que les appareils livrés correspondaient bien à sa commande. Il nota au passage une erreur sur l'année de naissance de Sébastien, mentionnée sur l'imprimé, qui le vieillissait de trois ans. Les livreurs arrivèrent à l'heure, et installèrent la machine à laver et le sèche-linge. Compte tenu de l'exposition au nord de l'appartement et l'absence de balcon, le sèche-linge avait paru nécessaire à Sébastien. Samuel sourit en découvrant les marques haut de gamme, choisies pour ces appareils « Ne jamais se contenter du médiocre, quoi qu'il arrive ! » voilà une autre devise de ce garçon au goût assuré, songea Samuel avec tendresse.

Il avait tellement à apprendre de lui. Samuel avait l'impression d'être passé à côté de beaucoup de choses dans sa vie. Il ignorait tout de la vie gay, des valeurs que cette corporation véhiculait. Il avait vécu à Paris, à Montpellier, des villes où la communauté gay est très importante, et il n'avait jamais rien remarqué. Il ne comprenait pas que les gays pouvaient se reconnaître entre eux d'un simple regard. Sébastien lui disait souvent dans la rue ou en voiture « pédé à gauche !» ou « le barman !», « le couple dans la file du cinéma !», et Samuel essayait de repérer les détails qui pouvaient justifier son signalement. « Tout est dans le regard, disait Sébastien, les yeux s'attardent sur toi avant de se baisser. Il faut montrer que tu sais, mais avec subtilité, tu soutiens juste à peine le regard, sinon tu deviens lourd, et nous laissons ça aux hétéros ! ».

Aux hétéros ? Les gays auraient-ils le monopole du raffinement et de la subtilité ? Samuel se trouvait plutôt rustre par rapport à Sébastien et ce pour la première fois de sa vie, car il passait pour très raffiné dans le monde d'où il venait. Peut-être que Sébastien avait raison en définitive et que les référentiels sont différents. La barre est placée bien plus haut à présent, il l'avait remarqué lorsque Sébastien l'avait présenté à un ami homo, Benoît. Il l'avait connu quasiment en même temps que lui. Samuel avait eu du mal à soutenir son regard et s'était trouvé extrêmement gêné dans la discussion. Les pôles d'intérêts n'étaient pas du tout les mêmes. Samuel ne connaissait pas de célébrités, Samuel n'avait pas beaucoup voyagé, Samuel ne connaissait pas toutes les marques de vêtements, de parfums, d'enseignes à la mode qu'ils semblaient tous deux maîtriser. Samuel ne savait pas que les enfants s'appelaient des « chiards ».

Mais Samuel apprenait vite…

Le soir en rentrant chez lui, Samuel trouva Lisa au téléphone. Elle raccrocha immédiatement lorsqu'il poussa la porte d'entrée. Le geste brusque confirmait que Samuel l'avait surprise dans une conversation privée.

- Je te dérange, demanda-t-il ?
- Non, non … je t'en prie.
- Les enfants vont bien ?
- Non, Léo a la gastro, mais elle n'a pas l'air très forte. J'ai fait venir le médecin.
- Il va la refiler à toute la famille encore, heureusement que le week-end arrive, sinon c'est la galère pour la garde.
- Je ne travaille pas demain, tu prendras le relais ce week-end au cas où.
- Bien sûr.
- Je… voulais te parler de quelque chose, dit-elle en baissant la tête.
- On dirait une enfant qui a fait une grosse bêtise, dit-il en souriant.
- C'est un peu ça. Mais j'ai résolu le problème.
- Mais encore ?
- La facture de téléphone est très élevée et France-Télécom nous a envoyé une lettre nous alertant d'une consommation anormale sur notre ligne. La facture est de trois mille francs.
- Comment, s'insurgea Samuel, il y a probablement eu un pirate qui a utilisé la ligne à notre insu, car nous n'avons pas plus téléphoné que d'habitude ces temps ci, il faut porter plainte !

Lisa prit sa respiration et lâcha d'un trait.

-    J'ai fait du minitel plus que je n'aurais dû et j'assume la
     facture qui en résulte, je vais la régler moi même.

Samuel s'énerva.

-    Qui paie n'est pas le problème. Mais trois mille francs de
     minitel, c'est hallucinant ! pourquoi ? qu'y cherchais-tu ?

Samuel la regardait ahuri. Le regard fuyant de Lisa lui fit peu à
peu réaliser le dessous de cette affaire.

-    Tu es allée sur les serveurs lesbiens, n'est-ce pas ?
-    Je veux savoir moi aussi, tu entends ? cria-t-elle. Mais
     comment m'y prendre ? j'ai finalement fait du minitel
     comme tu m'as dit avoir fait à ton temps. J'ai cherché
     longtemps sur les journaux des noms de serveurs
     spécialisés. Puis j'ai pu enfin parler. J'ai vidé mes larmes
     sur le clavier avec des filles qui me comprenaient et qui
     pour certaines me soutenaient dans ce combat
     déroutant. A qui d'autres pouvais-je en parler, à ma
     mère ? à nos amies ? et puis, je…

Elle s'arrêta de crier et baissa la tête à nouveau. Samuel était rivé
sur elle, ébaubi.

-    J'ai un rendez-vous, dit-elle d'une voix à peine audible.
-    Un rendez-vous ? tu veux dire avec une femme ? mais
     quand ?
-    Demain soir, dit-elle en le regardant droit dans les yeux,
     comme pour le défier.

Samuel ne savait plus trop quoi dire. En fait il ressentit une
profonde inquiétude à l'idée qu'elle puisse tomber sur une folle
détraquée. Il se souvint alors de son premier rendez-vous

manqué à cause de cette même inquiétude. Lisa souhaitait rencontrer une fille, elle en avait bien le droit. A quel titre pouvait-il lui interdire ce qu'il avait lui même fait sans le lui dire. Une pointe de jalousie était bizarrement née au fond de lui, un réflexe archaïque de macho sans doute.

Il voulu en savoir plus sur ce rendez-vous, mais Lisa ne semblait pas souhaiter aller plus loin dans cette discussion. Il réussit tout de même à savoir qu'elle était de Bordeaux et qu'il était prévu un restaurant.

La tournure des choses se précisait. Lisa n'était plus la même aujourd'hui, Samuel le sentait bien. Deux mois après sa révélation, elle cheminait lentement mais sûrement sur les pas que Samuel avait faits quelques temps plus tôt. Les traces étaient si fraîches dans sa mémoire, que Samuel pouvait exactement imaginer ce que Lisa ressentait. La terrible attirance de la première rencontre, la peur au ventre. Le sentiment que de toute façon il n'y a plus de choix, à moins de devenir fou, que la lutte contre soi-même est perdue d'avance. Tous les arguments tombent devant ce besoin de devenir soi, enfin. Il n'y a rien de plus douloureux que de se mentir et de vouloir ressembler à l'image que l'on voudrait donner pour faire plaisir à ceux qu'on aime. Mais les armes s'usent alors que la pression croît toujours.

Il souhaita qu'elle rencontrât un regard aussi doux que celui de Sébastien.

Le samedi matin, Samuel attendait fébrile dans le salon que Lisa se leva enfin. Elle était rentrée vers deux heures du matin et dormait encore à 10 heures. Les filles regardaient à la télévision une cassette de Walt Disney. Toutes deux ouvraient pour la centième fois les mêmes yeux ronds, devant le film hypnotique. Par chance aucune des deux ne semblait affectée par la gastro-entérite de Léo. D'ailleurs le bébé lui même allait mieux.

Samuel était à son troisième café quand il entendit enfin des pas dans les escaliers.

- Alors, comment cela s'est-il passé ? l'interrogea-t-il immédiatement avant même qu'elle n'ait pu dire bonjour aux deux statuettes.
- Je ne la reverrai pas, prononça-t-elle sans appel en passant devant lui.
- Que s'est-il passé ? s'inquiéta Samuel en la suivant.
- Oh rassure-toi, tout va bien mais elle n'est pas assez stable à mon goût pour entretenir une vraie relation même…amicale. Et puis je crois que je n'étais pas son genre.
- Son genre ? vous avez… enfin …tu comprends ?
- Nous avons ! répondit-elle sur un ton dénué de toute émotion.
- Ah ! Samuel avait la gorge sèche tout d'un coup. Cette nouvelle le bouleversait et un léger tremblement lui parcourait le sternum. Et comment tu te sens ? continua-t-il.
- Nous devons envisager les modalités de notre divorce, Samuel.

Samuel avait l'air d'une poule devant un couteau. Lisa, bût une gorgée de son café au lait puis reprît :

- J'ai déjà pris contact il y a quelques jours avec une avocate. Je voulais me renseigner sur certains sujets. Je la rappellerai dès lundi pour prendre un rendez-vous. Le mieux pour tout le monde est le divorce à l'amiable, mais pour cela nous devons nous entendre sur tous les points, y compris sur son financement. Pour ma part je demanderai l'aide financière.
- Je te trouve très froide pour débiter des choses aussi graves, réussit à sortir Samuel.
- Samuel, je ne suis pas insensible à tout cela. Je gère mes émotions comme je le peux. Je te rappelle qu'il y a trois mois à peine, je ne me posais pas toutes ces questions, et envisageait de voir grandir tranquillement nos enfants dans notre nouvelle maison avec mon gentil mari.

Aujourd'hui, tu es homo, je suis lesbienne, et si j'en crois l'émotion que j'ai ressentie hier soir, il n'y a aucun espoir de retour à la normale avant deux cent cinquante années lumière. Je suis effondrée à l'idée que nous ayons trois bébés et si je reste froide c'est pour ne pas hurler mon désarroi.

Samuel n'insista pas. Il avait soudain besoin de rester un peu seul. Il monta dans la chambre à l'étage et, pour la première fois, réussit à pleurer.

L'amour

Les choses ne s'organisaient pas si mal. A la maison, Samuel et Lisa évitaient de se retrouver dans leur intimité. Désormais la salle de bain était fermée à l'autre et le plus souvent Samuel utilisait celle qu'il avait aménagée lui-même au fond du garage dans l'optique de la transformation de celui-ci en grande chambre. La garde des enfants était planifiée pour la semaine mais également le week-end. Lisa travaillait un week-end sur deux à l'hôpital et trois jours par semaine. Samuel travaillait la semaine seulement. Ce qui permettait à l'un et à l'autre des instants de liberté. Samuel bien sûr profitait de ces instants pour aller rejoindre Sébastien chez lui. Il pensait souvent qu'il vivait la période la plus terrible et la plus merveilleuse de sa vie.

Terrible car la situation bien qu'encore calme allait bientôt être mouvementée car il fallait d'urgence en parler aux parents, aux enfants, aux amis qui commençaient à se poser des questions devant leur indisponibilité permanente. Merveilleuse, car ce furent les premiers instants libres avec Sébastien. Se retrouver, sans culpabilité, avec la personne que l'on aime le plus au monde, était un bonheur absolu.

D'un commun accord, ils avaient décidé de préserver encore un peu les enfants, car tant que la séparation physique n'était pas possible, ils pouvaient prétexter des horaires de travail très prenants. Il fallait être prudent avec Chloé qui était dans sa sixième année. Son esprit vif et observateur était le plus difficile à leurrer. D'ailleurs, elle avait déjà remarqué la couverture sur le canapé du salon.

- Tu dors plus avec maman ? avait-elle demandé un matin alors qu'elle s'était levée avant tout le monde et descendue dans le salon.

Samuel avait souri à ses grands yeux aux couleurs de l'océan puis l'avait prise dans ses bras pour la serrer contre lui.

- Maman et moi, nous sommes un peu fâchés en ce moment, mais il ne faut pas t'inquiéter. Je t'aime très fort, mon bébé, autant que le soleil aime le jour.
- Autant que les étoiles ?
- Et plus encore !

Un jour Lisa annonça qu'elle partirait quelques jours à la fin de son week-end de repos jusqu'au mercredi suivant où elle reprenait sa vacation à l'hôpital. Samuel aurait donc en charge les enfants pendant cette période.

- Puis-je savoir où tu te rends, au cas où ? avait-il demandé en cachant à peine la vraie raison de sa requête.
- Je descends sur la côte basque, à Biarritz. Je te communiquerai un numéro de téléphone à mon arrivée. De toute manière, je téléphonerai aux enfants matin et soir.
- Tu vas à l'hôtel ? insista-t-il.
- Non.

Samuel avait eu sa réponse.
Pendant son absence, il invita Sébastien à la maison en deuxième partie de soirée. Il ne se sentait pas encore à l'aise par rapport aux enfants et préférait qu'ils ne le voient pas.

- Tu as des voisins qui regardent derrière leurs rideaux, avait-il fait remarquer dans l'entrée, un peu inquiet.
- Oui je sais, c'est la voisine. Elle est jeune mais on peut déjà savoir ce qu'elle fera à sa retraite. Elle guette tous nos faits et gestes, et je pense que nous devons franchement aiguiser sa curiosité avec nos allées et venues.
- Elle doit trouver louche qu'un homme te rende visite le soir à vingt-deux heures alors que ta femme est partie.
- C'est sûr, mais bon il faut bien nourrir ses commérages avec quelques nouveautés.

- Alors ta femme a trouvé une maîtresse ? demandant Sébastien moqueur.
- Je ne sais pas, elle est restée très mystérieuse sur son séjour. D'ailleurs, ses parents ont appelé ce soir et j'étais terriblement gêné. J'ai inventé un repas avec des copines du travail en bredouillant un peu. J'espère qu'ils ne rappelleront pas demain.
- Il va bien falloir le leur dire un jour, Sam.
- Oui et à mes parents aussi. Chaque jour qui passe est un jour de trop, je ne souhaite pas cacher plus longtemps ce qu'il se passe ici. Mais je n'arrête pas de me dire que mes parents sont à cent lieux de se douter de ma nouvelle vie. J'ai tellement peur de leur faire du mal. Quant à Lisa, il va falloir qu'elle affronte en même temps l'église catholique.
- Comment vas-tu t'y prendre ?
- Je dois leur rendre visite pour Pâques, j'y vais avec les enfants et Lisa ne vient pas bien sûr. Nous avons prétexté qu'elle n'avait pas pu avoir de congés. Ils ont l'habitude de nous voir voyager séparés, nous l'avons souvent fait lorsque nous étions en région parisienne.
- Je ne vais pas te voir pendant toute une semaine alors, si j'ai bien compris.
- Tu profiteras de ton fils aussi, je présume qu'il a besoin de toi en ce moment. Je t'appellerai tous les soirs.

Sébastien lui sourit, laissant découvrir ses dents blanches. A trente-cinq ans il avait encore l'air d'un adolescent. Son teint naturellement hâlé même en plein hiver y était sans doute pour quelque chose. Samuel s'approcha de ses lèvres, la tentation était trop grande.

Lisa revînt de son voyage dans un état d'excitation que Samuel ne lui avait pas connu depuis longtemps. Il la surprenait en train de sourire béatement sans raison apparente. Elle n'avait pas dit grand chose de son séjour mais manifestement il avait été agréable. Elle lui annonça tout de même qu'elle allait très rapidement renouveler ce voyage. Elle passait des heures au téléphone, et Samuel s'inquiéta à nouveau de la prochaine facture de l'opérateur. Les temps étaient un peu durs en ce moment et l'heure n'étaient pas aux dépenses superflues. L'énergie de Lisa était communicative et les enfants étaient en pleine forme. Elle les emmenait au parc, leur faisait des câlins bruyants et tous riaient beaucoup. Même Léo, qui avait réussi à se maintenir assis tout seul depuis quelques jours, la regardait avec un grand sourire émerveillé.

Le week-end suivant Samuel n'était pas chargé de famille, et les deux jours étaient programmés en amoureux avec Sébastien. Le vendredi soir, Samuel avait baigné, nourri, câliné et couché les mignons petits « chiards » et attendait patiemment que Lisa rentre de l'hôpital pour descendre sur le centre-ville rejoindre son amant. Elle arriva de nouveau de bonne humeur et lui adressa même un semblant de sourire.

- Nous allons mettre en place un roulement qui paraît un peu compliqué au début mais qui finalement tient la route. Le but étant d'éviter de se retrouver à la maison ensemble, ce qui devient un peu difficile à vivre. Non pas que je ne puisse plus te supporter mais, mes sentiments envers toi sont intacts et ta présence ne m'aide pas à panser mes plaies.
- Que proposes-tu ? répondit-il un peu agacé qu'elle prenne toujours tout en main lorsqu'il s'agit d'organiser la vie courante.
- Dans le planning de garde des enfants, celui qui a la garde reste à la maison, et celui qui ne l'a pas s'en va ailleurs. Cela ne te pose pas de problèmes avec ton ... ami.
- Je ne crois pas, mais il faut se caler avec les propres roulements avec son fils. Mais ... toi ... tu iras où ?
- A Biarritz. J'y ai ... rencontré quelqu'un qui peut me recevoir.

- Il s'agit d'une ... fille ? voulut se faire confirmer bêtement Samuel.
- Oui, bien sûr.

Samuel fut soulagé. Il n'aurait sûrement pas aimé qu'elle rencontrât un autre homme. Les conséquences auraient été autres. Un autre homme serait un remplaçant voire même un rival. Et surtout, un autre homme dans la vie de ses enfants serait insupportable.

Pendant le trajet qui l'emmenait vers Sébastien, Samuel souriait à l'idée d'avoir désormais deux maisons. Il allait en faire la surprise à Séb et il savait comment.

Le lendemain il se réveilla seul dans le petit appartement, Sébastien travaillait le samedi. Un peu courbaturé par les conditions spartiates de la nuit à même le sol, il se félicita de la décision qu'il avait prise. Il se hâta pour prendre le petit déjeuner et passer sous la douche, puis il se rendit dans un magasin de meuble dans la zone du Lac au nord de Bordeaux. Il acheta un sommier matelas de largeur cent-soixante et les quatre pieds à visser, enfin il remonta à l'étage du magasin pour acheter une paire de draps housse. Il dût se faire aider par un employé pour le hisser sur la galerie de la Ford. Il amarra le chargement et repartit vers l'appartement.

Il transpira beaucoup malgré le faible nombre de marches pour monter à l'étage, le lit pesait un bon poids. Arrivé dans l'appartement il soufflait comme un animal. C'est curieux cette manie de bourrin de vouloir faire à tout prix, quitte à se faire mal, rien que parce qu'il l'avait décidé, se dit-il. Peu après il avait installé le lit, mis les draps et placé la couette. Il contempla, satisfait la pièce qui avait pris enfin l'allure d'une chambre. « Voilà qui est plus digne » pensa-t-il.

Sébastien arriva vers dix-sept heures trente. Il trouva immédiatement le lit et déposant sa veste de costume sur le portant qui se trouvait dans la chambre.

- Merci, tu es un amour, mais tu n'aurais pas du. Ce n'est vraiment pas le moment de faire des frais, surtout pour moi.
- Et bien, même si j'avais décidé cet achat avant de savoir ce que je vais te dire, sache que je vais moi aussi bénéficier de ce confort.
- Mais encore ?
- Je vais avoir l'occasion de dormir assez souvent chez toi, si tu le veux bien, bien sûr. Lisa a mis en place un roulement à la maison avec la règle de ne pas y être en même temps. Donc je serai ici, lorsque c'est elle qui gardera les enfants.
- Et où ira-t-elle dans l'autre cas ?
- A Biarritz chez sa copine.
- Et bien, elle n'aura pas perdu de temps ta moitié. C'est incroyable cette histoire. Je me demande si cela n'était pas prémédité ?
- Je peux t'assurer, que jamais nous aurions pensé être dans cette situation aussi vite. C'était à la fois impossible et inconnue. Je ne m'imaginais même pas qu'il était possible que je vive avec un homme un jour et que cela pouvait se mettre en place aussi facilement. Je suis sur un nuage.
- Cela va un peu vite, tu ne trouves pas ? Attention au revers !
- Séb ! Samuel eut un instant de doute. N'es-tu pas heureux de savoir que tu m'auras plus souvent avec toi ? il … faut que tu me le dises maintenant, si tu as des incertitudes.
- Ne dis pas de bêtises. Là n'est pas le problème, je me demande si vous avez conscience de ce qui se passe.
- Non, la réponse est non, mais comme je suis heureux !

Sébastien le regarda, vaincu.

- Tu as raison après tout, nous devons profiter de ces instants de grâce. Et d'ailleurs, que penserais-tu d'essayer ce lit sans attendre ?

-   Et comment ! dit Samuel en sautant sur le lit.

Le week-end fut … merveilleux.
Samuel avait le sentiment que tout désormais était possible. Jamais il n'avait ressenti tant d'émotion envers quelqu'un. Samuel pouvait passer des heures à le regarder. Tout chez Sébastien lui plaisait. Samuel se dit alors que l'amour passion était d'une violence inouïe, car s'installait insidieusement une dépendance terrible et aliénante. Samuel compris alors ce que pouvait être le chagrin d'amour, et pourquoi certains n'en revenaient jamais. Si Sébastien le quittait là, à cet instant, Samuel en mourrait c'est certain. Sa raison s'en trouvait altérée.

Il en eut l'expérience très vite un soir où Sébastien lui fit part d'une invitation de son ami Benoît pour un long week-end à Istanbul.

-   Ce n'était pas prévu, avait dit Sébastien, il devait y aller avec son frère, mais celui-ci s'est désisté. Il m'a offert sa place, je n'ai pu refuser, tu comprends ?
-   Ce que je comprends, c'est qu'il s'est arrangé pour avoir un week-end avec toi, sans moi. Je connais ses sentiments pour toi.
-   Tu es jaloux, et tu déparles.
-   Je ne suis un diplômé es-GAY, mais j'ai tout de même compris que l'amitié platonique était assez rare entre garçons.
-   Tu as tort, avait-il simplement répondu.

Pendant quatre jours, et quatre nuits, Samuel était resté à l'attendre.
Les deux premiers jours, il gardait les enfants. Hanté par des images abominables, il n'avait pas été très disponible pour eux mais, heureusement, ils s'étaient contentés de peu. Le cycle avait fait qu'il devait passer deux nuits dans le petit appartement tout seul. Tel un chien abandonné, il était resté allongé sur le lit, la tête plongée dans l'oreiller de Sébastien. Son corps, à plusieurs

reprises, avait été secoué par des spasmes de douleur. Il avait beau essayer de se raisonner, rien n'y faisait. Il lui était même impossible de se nourrir. L'esprit affolé mutilait le corps.

Lorsque Sébastien revint, Samuel avait grandi.

Sa déraison lui avait fait si peur, si honte, qu'il avait compris qu'il devrait se méfier de son caractère trop généreux, et apprendre à ne pas tout donner. L'amour fusionnel était trop dangereux. Garder un peu de distance était sa seule chance de salut.

Mais ce ne sont que des mots.

CHAPITRE 4

Vogue le bateau

Bateau ballade
Bateau malade
Bateau d'amour
Bateau détour
Bateau retour
Bateau bonjour

Bateau poète
Bateau la fête
Bateau soleil
Bateau merveilles
Bateau tempête
Sous l'eau la tête

Sous-marin atomique
Bateau déclic
Bateau j'ai peur
Bateau je pleure

Bateau Noé
Arche d'aimer
Bateau ballade
Bateau malade
Bateau d'amour
Bateau détour
Bateau retour
Bateau toujours

Daniel Balavoine – Bateau toujours – Album Un autre monde -
1980

Coming out

Samuel ressentait toujours une certaine nostalgie lorsqu'il revenait dans son village natal de l'arrière-pays provençal. Il en était parti à dix-huit ans à peine pour se rendre à Montpellier faire ses études, et il en gardait un souvenir assez tendre d'une enfance plutôt heureuse. Mais Samuel était aujourd'hui d'une âme citadine, et le charme de la campagne n'agissait plus sur lui, c'est pourquoi il était persuadé de ne jamais y revenir un jour s'y installer.

Les enfants, comme toujours étaient calmes à l'arrière de la Ford. Très tôt, ils avaient été habitués à voyager en voiture et jamais ils n'étaient entrés dans le cliché classique des enfants hurlants qui excédent leurs parents. Même Léo avait dormi les trois quarts du trajet.

La maison blanche apparut dans le tournant du chemin. Samuel sentit son cœur battre, il avait cinq jours pour dire à ses parents qu'il divorçait et qu'il était homo.

« Pauvres d'eux » songea Samuel, « je vais les anéantir. Ils vont sans doute croire que je suis sous l'influence négative d'un être maléfique ». Il se félicita d'avoir fait rencontrer Sébastien à sa sœur, car ses parents se tourneraient probablement vers elle pour avoir son avis. Elle ne manquerait pas de les rassurer sur la santé mentale de ce charmant individu.

-   « Mamie ! » hurlèrent en cœur les deux fillettes en apercevant la tête blonde de leur grand-mère qui devait patienter sur la terrasse depuis un moment.

La voiture n'était pas arrêtée qu'elle embrassait déjà les enfants à l'arrière de la voiture. De gros baisers pétaient à intervalle régulier sous les rires puis le bébé fut enlevé de son siège auto pour voler dans les bras du grand-père qui venait de rejoindre sa femme.

Samuel aimait ses parents, ils faisaient partie de cette catégorie de gens foncièrement bons. D'un naturel spontané, sa mère débordait d'affection et de mots tendres tandis que son père, plus pudique, se contentait d'un regard bienveillant. La chaleur des gens simples et francs.

Le planning de la semaine était déjà fait par la mère de Samuel, notamment un dîner en compagnie de son frère Paul et de sa belle-sœur le lendemain. Samuel pensa qu'à priori, il ferait son annonce à ce moment, ainsi toute la famille serait informée. Samuel eut un frisson dans le dos, il se souvînt tout d'un coup de ce que lui avait dit Paul, alors qu'il devait avoir douze ou treize ans : « Tu sais Samuel, méfie toi des pédés. Il y en a au village qui rodent près des toilettes publiques, s'ils te mettent le grappin dessus ne leur tourne jamais le dos, tu ne pourrais y réchapper ». Samuel profondément choqué avait interprété l'homosexualité comme une perversion qui pouvait transformer l'individu en violeur. En lui disant cette phrase, Paul avait-il contribué à son refus de s'assumer pendant de si longues années ? « Ce n'est pas gagné ! » songea-t-il simplement.

Lorsque le soir arriva, le bonheur de sa mère qui s'activait dans la cuisine lui fit mal. L'éducation de ses parents reposait sur la crainte de les décevoir et cela était la pire chose que l'on pouvait leur faire. Quand il était enfant, Samuel avait volé des bonbons chez l'épicier du bout de la rue. L'épicier en colère était venu se plaindre à sa mère immédiatement. Celle-ci ne l'avait pas grondé, mais seulement regardé. Le sentiment de honte qui l'avait envahi fut si fort que l'émotion était encore intacte aujourd'hui. De la même manière lorsqu'il avait échoué sa première année d'université, ses parents n'avaient rien dit, mais à leur regard, Samuel s'était senti si mal. Ce n'était pas un regard de reproche ou de colère, ou encore un regard sans amour, mais celui de la déception par rapport à ce qu'ils avaient imaginé de lui.
Ce soir encore Samuel craignait ce regard qui marquait sa vie comme au fer rouge.

Au moment de l'apéritif, Samuel pris sa belle-sœur à part.

- Tout à l'heure j'ai une annonce à faire à mes parents, je voudrais que vous restiez un peu plus que d'habitude ce soir.
- Une annonce ? répéta-t-elle surprise.
- Oui. Je vais leur dire que je divorce.

Elle le regarda un long moment, interloquée, puis elle se re-saisit.

- Je pense que cela va les surprendre beaucoup, car ils sont bien loin d'imaginer que vous divorciez un jour. Pas vous, pas Sam et Lisa ! dit-elle avec un brin de solennité moqueuse.
- Je sais. Ne dit rien à Paul, je ne veux pas gâcher tout le repas. Je le dirais à la fin.
- Entendu.

Elle ne chercha pas d'autres explications. Samuel le savait bien et c'est pour cela qu'il lui avait dit à elle. D'origine italienne, elle avait toujours gardé cette distance avec la famille de son mari comme s'il lui paraissait impossible de s'y complaire sans tromper sa propre famille. Malgré tous les efforts que les parents de Samuel pouvaient déployer pour lui plaire, son attitude était restée la même après douze ans de Mariage.

Samuel chercha à faire bonne figure au cours du repas. Il fit même rire comme d'habitude avec le jeu des répliques dont son frère raffolait. Les souvenirs d'enfance, leur sœur Suzanne, leur mère, leur père, tout le monde passait sous la pluie de vannes dont l'humour douteux n'avait pas la prétention d'être « anglais ».

Lorsque le moment fut au café, les enfants sortirent de table pour aller se planter devant la télévision, reprenant immédiatement leur hypnose. Samuel avait plongé sa tête dans l'assiette à dessert où gisait une feuille de menthe qui n'avait pas eu le sort des fraises qui l'accompagnaient. Son estomac menaçait sérieusement de refouler la bonne nourriture provençale fusse-t-elle à l'huile d'olive.

Soudain, avec un sourire énigmatique au coin de la bouche, sa belle-sœur le précipita en enfer.

- Samuel, je crois que tu as quelque chose à nous annoncer, non ?

Ce fut un silence terrifiant.

Samuel sentit les regards sur lui comme un poids. Paul allait de sa femme à son frère comme le ferait un spectateur de match de tennis, étonné de la connivence inhabituelle de ces deux êtres.

Samuel leva la tête, il put apercevoir dans les yeux de sa mère les stigmates de l'angoisse, une lueur de larmes naissantes y apparaissait déjà.

- Tu... tu n'es pas malade au moins, Samuel ? demanda-t-elle d'une voix chevrotante.

Tout le monde était suspendu à ses lèvres. Son père avait le regard fixe et froid. Samuel prit sa respiration.

- Lisa et moi allons divorcer ! le dernier mot fut prononcé au travers d'un sanglot.

C'était dit pour cette partie là.

L'onde de choc arriva jusqu'à son père qui afficha le même regard déchirant de déception. Celui-ci se leva et quitta la table pour rejoindre le salon. Il n'y aurait pas d'autres réactions de sa part, Samuel le savait.

- Quel gâchis, s'écroula sa mère en pleurs.
- Maman, ne dis pas ça.
- Dis-moi que c'est une mauvaise passe.
- Hélas non, Maman, c'est sans espoir, murmura Samuel.

- Tout ce fait à légère maintenant, on se marie, on divorce au grès des humeurs, siffla-t-elle tout d'un coup méprisante.
- Ecoute Maman, c'est leur problème et leur décision, nous n'avons pas à juger qui que ce soit, récita Paul respectant son style « liberté chérie ».

Elle explosa.

- Et bien non, pourquoi faudrait-il se taire ? cette décision impacte toute la famille. Qu'est ce que cela veut dire pour nous ? que les choses vont changer, que la mère de mes petits enfants ne sera plus avec nous, qu'il va falloir apprendre à ne plus l'aimer après avoir appris à le faire. Le divorce enlève parfois le cadeau que le hasard vous a donné. Comment ne pas s'insurger ? Sous prétexte du respect de la décision de votre fils ou fille, il faut tout d'abord accepter de recevoir une personne chez vous, s'obliger à l'aimer comme votre propre enfant, puis un jour vous l'aimez vraiment. Et maintenant de la même manière on vous l'ôte sans préavis ! mais il n'y a pas plus égoïste que la décision de divorcer ! elle retourna son regard amer sur Samuel : je suppose que ta sœur est déjà informée !
- Je le lui ai dit pendant les vacances de la Toussaint lorsqu'ils sont venus à Bordeaux.
- Depuis tout ce temps tu nous as caché les choses ! s'insurgea-t-elle, mais elle se ressaisit immédiatement. A dire vrai, je ne te trouvais pas comme d'habitude au téléphone et à Noël tu avais cet air si …absent. J'ai cru en fait que vous aviez des problèmes financiers avec la construction de votre maison. Samuel, écoute-moi, êtes-vous sûr de vous ? Je vous rappelle que vous avez trois enfants, tous jeunes.
- Comment veux-tu que j'oublie cela ?

Le repas était manifestement gâché. Paul essayait de tempérer les paroles véhémentes de sa mère. Elle qui tenait son couple contre vents et marées respectant inébranlablement le « oui » du meilleur et du pire. Une conduite dans la pure lignée de ses propres parents qui eux mêmes n'avaient jamais divorcé malgré leur lutte permanente au sens propre comme au sens figuré, mettant parfois en péril la santé mentale de leur progéniture.

Seule la belle-sœur de Samuel restait silencieuse, toujours avec ce sourire au coin de la lèvre. Elle regardait son mari.

Plus tard dans la soirée, sa mère était restée à tarder dans le salon se disant qu'un complément d'informations l'aiderait peut-être à dormir un peu. Mais Samuel voulait à tout prix éviter cette situation qui l'emmènerait probablement à la deuxième phase de ses aveux, ce qu'il ne souhaitait pas ce soir là. Sa mère résignée se contenta de lui glisser à l'oreille en l'embrassant « ton père est si inquiet pour les enfants Samuel, réfléchis bien, promets-moi ». Samuel eut du mal à dormir, régulièrement une vague d'angoisse le secouait malgré ses efforts pour penser à Sébastien.

Le lendemain, Samuel avait la gueule de bois. En entrant dans la cuisine, il trouva sa mère en train de préparer le biberon de Léo qui s'impatientait dans son parc.

- Tu ne peux renier ce petit ogre, lança-t-elle avec un air faussement joyeux.

Les traits tirés de son visage lui durcissaient son regard rougi. La nuit n'avait pas dû être terrible. Elle si efficace normalement n'était pas très habile dans ses gestes et de toute évidence ses neurones se concentraient sur autre chose que le lait chocolaté du bébé. Cette femme est comme une éponge qui absorbe toutes les émotions qui l'entourent. Une sorte de compassion poussée à l'extrême. Elle pouvait fondre en larmes par la tristesse d'un autre et devenir insomniaque par les angoisses d'un. Samuel eut de la peine. Il s'approcha d'elle pour la serrer dans ses bras. Qu'il est doux de prendre sa mère contre soi, quel juste retour de la vie. Elle se laissa faire et posa sa tête sur le buste solide de son fils.

- Je ne comprends pas, murmura-t-elle, crois-tu qu'avec ton père tout aille bien ? nous aussi nous avons eu des crises, parfois très dures mais notre couple est fort. C'est tellement facile de se défiler devant l'obstacle. En y regardant bien, le couple trouve toujours la solution pour continuer. Mais l'avez vous seulement cherchée ?
- Maman, nous l'avons cherchée.
- N'est-elle pas assez …femme pour toi ? tu sais avec trois enfants il faut comprendre que ce n'est pas facile et …
- Non, non, tout allait bien de ce côté là.

Elle s'écarta un peu brusquement de la chaleur enveloppante de son fils.

- Tu as rencontré quelqu'un d'autre, c'est ça ? gémit-elle, cachant à peine son dégoût de l'adultère, probablement en réaction à un libertinage culturel chez les hommes de cette famille.

Samuel sentît le piège d'une réponse affirmative.

- Ce n'est pas si simple, maman, je te dirais un jour mais laisse-moi le temps, je ne suis pas prêt.

Peut être crût elle à une situation inverse, mais elle sembla résignée à ne pas approfondir ce sujet qui pouvait faire souffrir son fils. Elle se dirigea vers Léo, goûtant sur son bras la goutte de lait à bonne température. Celui-ci n'avait pas abandonné ses revendications et était rouge de colère.

Samuel passa la journée à l'extérieur, comme pour fuir les débats. Il parcourut les ruelles de la vieille ville de Carpentras. Il y avait passé toutes ses années de collège et de lycée, et ses pas étaient comme téléguidés par l'habitude. Cette ville n'avait rien de moderne, rien d'avant-gardiste. La bourgeoisie conservatrice traditionnelle semblait se protéger de l'arrivée quasi exponentielle de familles maghrébines, attirés par les emplois saisonniers offerts par les agriculteurs du Comtat Venaissin.

Plusieurs fois il s'arrêta, les yeux fixes, perdu dans ses souvenirs d'adolescent. Le café où tous les matins il attendait Lisa avant de rentrer en cours, le pas de porte du magasin de sa tante qu'ils visitaient souvent, le banc des premiers baisers. Samuel se moqua souvent de lui même se trouvant un peu trop fleur bleue. Mais la fin d'une histoire fait chavirer le tout dans un nostalgique passé. Il n'aurait jamais imaginé être dans la situation d'aujourd'hui. Père de trois enfants, homosexuel et … fou amoureux.

Il rentra et tomba sur son frère Paul qui lui demanda de l'accompagner le lendemain sur la côte. Il devait en effet y laisser sa femme et son fils pour un grand week-end. Rares avaient été les moments intimes avec son frère et cette demande lui parût un peu louche. Cependant, Samuel se sentît heureux de partager quelques heures avec lui. Paul l'avait toujours fasciné en même temps qu'il ne voulait pas lui ressembler. Déjà ils étaient différents physiquement, cumulant chacun les traits opposés des deux familles. Un blond aux yeux sombres et au teint mat, un brun aux yeux bleus et au teint clair. Mais leurs différences ne s'arrêtaient pas là. L'aversion de Paul pour les études poussa Samuel dans cette voie. La passion de Paul pour le sport rendit Samuel très distant à l'activité physique. Paul multipliait les conquêtes, Samuel fut très romantique. Paul était adroit de ses mains et parfait bricoleur, Samuel cachait ses talents en la matière. Paul aimait beaucoup les femmes…

La journée du jeudi était belle et chaude en ce mois d'avril et le week-end allait sans doute être très agréable au Grau du Roi. Pendant tout le voyage, la conversation fut largement consacrée aux événements du moment, mais Samuel limita ses explications, utilisant la doctrine de Paul qui était « ne pas se mêler des affaires des autres » sous entendu « ne vous mêlez pas des miennes ». Samuel souhaitait une conversation, seul à seul, avec son frère et la présence de sa belle sœur et de son neveu ne permettait aucune révélation. Il ferait son « coming out » sur le trajet retour. Cela l'amusait autant que cela l'inquiétait. La réaction de Paul n'était pas prévisible et Samuel pariait sans conviction sur la bonne humeur de la journée pour faire passer « la pilule ».

Ils prirent le chemin du retour après une agréable journée et un excellent dîner dans un restaurant de poissons en ville. Un délicieux vin blanc de Cassis avait égayé des conversations plus légères.

L'accélération de la voiture en prenant la bretelle d'accès Nîmes Est sur l'autoroute A9 témoignait de la nervosité de Samuel. Son frère par contre était calme côté passager tout près de lui. Il fallait remonter à l'enfance pour retrouver une telle intimité. Des images lui revenaient des voyages à l'arrière de la voiture avec Paul et Suzanne. Ils se disputaient tous deux la tête et les jambes de leur sœur qui despotiquement imposait qu'elle soit allongée à l'arrière pendant tout le voyage sous peine de désastre gastrique. Samuel perdait tout le temps et ne pouvait profiter de la jolie tignasse blonde.

Paul l'interrompît dans ses pensées :

- Maintenant que nous sommes que tous les deux, tu peux me le dire à moi, as-tu trompé ta femme ?
- Euh... oui et non.
- Comment ça oui et non, tu l'as trompé ou non ? il n'y a pas d'autre alternative !
- Probablement oui, alors.
- Il est évident que les femmes n'apprécient guère ce genre de comportement, dit-il en regardant par la fenêtre.
- Crois-tu que les hommes l'apprécient mieux ?
- Ce que je veux dire, c'est qu'elles n'apprécient pas, mais de là à divorcer !

- Tu le vivrais comment toi si ta femme te trompait ?
- Ça va pas non ! réagit-il vexé. On n'enlèvera pas à l'homme son côté papillon. Il est biologiquement programmé pour butiner plusieurs fleurs, il en allait du renouvellement de l'espèce. La femme n'a pas le même programme.
- Je te conseille de ne pas trop revendiquer ce discours en présence d'une femme sous peine d'être définitivement classé parmi les rétrogrades. Ne doit-on pas se libérer de nos réflexes archaïques ?

La voiture roulait bon train, le moteur n'émettait qu'un léger souffle. La nuit aidant, la conversation devenait très confidentielle.

- C'est de la foutaise ! refouler ses instincts fait plus de mal que de bien !

Samuel n'en crut pas ses oreilles. Quelle perche ! Il fallait se lancer.

- Tu mets le doigt exactement sur l'explication de mon divorce.
- Que veux-tu dire par là ? c'est pour écouter ton instinct que tu as trompé ta femme ?
- Exactement !
- Je ne comprends pas ce que tu veux dire.
- Je suis homosexuel, Paul.

Bien que son visage soit plongé dans l'obscurité, Samuel pouvait y voir des yeux grands ouverts figés par un arrêt sur image. Pendant de longues secondes Paul fut incapable de prononcer un mot. Enfin il lâcha, presque affolé :

- Ne dis rien aux parents, tu vas les tuer.
- Et pourtant je m'apprête à le faire d'ici samedi, je suis venu pour cela.

- Te rends tu compte qu'ils ne comprendront pas ? C'est quelque chose qui les dépasse complètement. Ils vont se sentir humiliés devant leurs amis. Tu connais la mentalité de village.
- Humiliés ? suis-je un criminel, un voleur ?
- Tu sais très bien ce qu'on dit sur les p…, les homo…sexuels.
- Oui, répondit Samuel sans sourciller du dérapage de son frère, je sais, je crois tout avoir entendu sur ce sujet. Mais moi, je n'en ai pas honte et je pense que je ne vais pas leur cacher la vérité. Je n'ai pas choisi d'être comme ça et j'en ai marre de tromper mon monde.
- Depuis quand le sais tu ?
- Depuis toujours je crois, mon plus lointain souvenir date de mes cinq ans.

Manifestement, Paul ne comprenait pas.

- Depuis toujours ? Mais tu avais des copines, tu t'es marié, tu as des enfants. Ne s'agit-il pas plutôt d'un moyen de te différencier de la banalité ambiante ? auquel cas, j'avoue que tu fais fort !
- Petite leçon de chose, mon frère. On ne devient pas homosexuel, on est homosexuel. La seule logique dans la variété des cas c'est le poids culturel et l'amour qui peuvent tous deux infléchir l'orientation d'une vie. En ce qui me concerne c'est d'abord le premier chef puis le second qui ne m'a pas permis de m'assumer. Mais à quel prix !
- J'ai du mal à comprendre comment on peut désirer un homme.

Cette réflexion fit sourire Samuel. Compréhensible pourtant pour un étranger au problème. Comment expliquer l'odeur et la fermeté de la peau masculine. Ce toucher si fort et si doux à la fois. C'est comme si toute l'histoire des combats de l'humanité émanait de ces êtres attendrissants. Embrasser un homme c'est embrasser la vie.

- Je peux t'affirmer que c'est aussi violent que le désir pour une femme. Les réflexes sont les mêmes.
- Ah ! se contenta-t-il se dire, peu convaincu.

Tous deux restèrent silencieux jusqu'à la sortie d'autoroute de Remoulins. Leur cerveau respectif avait besoin d'analyser la situation. Après le péage Samuel prit la direction d'Avignon. La route qui grimpait une côte avait une particularité à cet endroit là. Un terre-plein abritait un commerce très spécifique et beaucoup de camions y stationnaient sans raison apparente. Instinctivement les deux mâles regardèrent l'intérieur des voitures dont la porte côté chauffeur était ouverte. On pouvait y entrevoir des femmes en tenue de travail très affriolantes allongeant leurs jambes à l'extérieur de l'habitacle comme pour exposer leurs talons aiguilles.

- J'aime tellement les femmes ! reprît Paul, j'ai l'impression qu'il est impossible de ne pas les désirer. Elles occupent une bonne partie de mon cerveau toute la journée.
- Si ce n'est que ton cerveau, ricana Samuel, ce n'est pas si grave. Ceci dit j'avoue sincèrement que le sexe en général m'occupe pas mal aussi. Je suppose que cela doit se calmer avec le temps.
- Détrompe-toi, cela reste jusqu'au bout. Regarde notre grand-père ! il est semble-t-il aussi vigoureux à quatre-vingt-quatre ans qu'à quarante.
- D'où tiens-tu ce genre d'information ? fit Samuel en riant.
- De l'intéressé lui même. Il me fait quelques confidences parfois.
- Il exagère souvent. Cela dit, mes compliments pour cette intimité. Je n'ai pas eu la chance de me confier à mes grands-pères, moi.

Une légère amertume pouvait se sentir dans la voix de Samuel. C'est vrai qu'il n'y avait jamais eu d'atomes crochus avec ses deux grands-pères. L'existence et le mental de Samuel semblaient complètement étrangers au référentiel de ces deux hommes cultivateurs, chasseurs et machos. Les deux avaient eu la main mise sur leur famille et avaient imposé leurs lois. La maladresse et la turbulence juvéniles de Samuel l'avaient stigmatisé, et ces deux patriarches avaient toujours semblé agacés par sa présence.

- Je continue à penser que cela ne va pas être facile avec Papa et Maman, insista Paul.
- Avec lequel des deux penses-tu que je vais avoir le plus de difficultés ?

Paul réfléchit un long moment, secouant parfois la tête comme s'il n'était pas d'accord avec lui-même. Enfin il sembla se réconcilier.

- Papa ne s'exprime pas beaucoup c'est vrai, surtout sur ces sujets là. Je pense qu'il va se poser des questions par rapport aux enfants. En fait les adultes ne l'importent pas vraiment, je crois. Il semble qu'il ne saurait pas comment intervenir et donner des leçons. En revanche la mise en danger de ses petits-enfants lui ferait sortir les griffes. Tu devras le rassurer à ce sujet.
- Et maman ? qu'en dirais-tu ?
- Maman, c'est plus compliqué à mon avis. Elle a toujours été proche de toi, et je m'étonne d'ailleurs qu'elle n'ait rien ressenti. A moins qu'elle n'ait rien voulu dire. Il s'agit là d'une femme qui a su rester amante et qui aura du mal à entendre que son fils puisse coucher avec un homme. Cela dit, je pense qu'elle acceptera sans comprendre. Un peu comme moi en définitive. Nous avons un grand avantage sur d'autres, c'est d'avoir des parents qui ne remettront jamais, sauf cas extrême, leur amour dans la balance.

- En es tu si sûr ? aujourd'hui je t'avoue que même si je suis déterminé, je n'ai pas du tout l'impression de maîtriser les événements. Une réaction violente de rejet de leur part me blesserait cruellement. Mais, le cas échéant, je saurais partir, je ne m'imposerais pas à leur vue, de même que je ne me mettrais pas à genoux. Je sais que je ne peux plus revenir en arrière, c'est pour moi une nouvelle naissance et j'ai compris que mon bonheur ne peut être que dans cette vie là, dussé-je renoncer à ma famille.
- Et si tes enfants te le demandent ?
- Pardon ?
- Oui, de renoncer à cette vie, car ils vont devoir vivre avec ça aussi. La société n'est pas simple et les enfants ne se font pas de cadeaux entre eux.
- Leur bonheur dépend seulement du bonheur de leurs parents, du moins dans cette première partie de leur enfance. L'adolescence sera plus compliquée. Je vais d'ailleurs demander l'avis d'un psychologue à ce sujet. Ma conviction personnelle, c'est que l'enfant s'adapte à toutes les situations dès lors que celles-ci sont vécues dans l'amour et dans la joie.
- Très judéo-chrétienne cette façon de penser ! ricana Paul.
- Certes. Ce que je veux dire c'est que bien des enfants qui sont dans des situations d'apparence classique, pour ne pas dire « normale », papa, maman, frères et sœurs, se retrouvent à l'âge adulte avec des problèmes psychologiques liés à la mésentente et au mal de vivre de leurs parents.

Paul ne répondit pas, il semblait ailleurs.

La voiture s'engageait sur le pont de l'Europe au dessus du Rhône, entrant ainsi dans le département du Vaucluse et dans le même temps dans la belle cité des papes. Le coup d'œil sur le palais des Doges, perché sur son rocher et illuminé par un savant éclairage, faisait toujours de l'effet.   La Vierge semblait contempler les eaux profondes et larges du fleuve enjambées par le pont rompu.

Samuel, attiré du regard par la belle allure d'un jogger le long des remparts médiévaux, évita de justesse une horde de touristes asiatiques qui effectuaient probablement un « Avignon by night ».

Il se demanda s'il y avait une vie gay dans cette ville…

Les choses ne se passent pas toujours comme on les imagine. Samuel n'aurait jamais pensé qu'il n'aurait pas à annoncer brutalement à ses parents sa différence. Encore une fois ce fut un « oui » libérateur, donné après trente années de secrets et de craintes. Samuel était en train de boire son café du matin, seul assis à la table de la cuisine. Sa mère allait et venait sans sembler pour autant avoir une activité précise. Puis, elle avait pris une chaise et s'était installée près de Samuel. Ses mains se nouaient et se dénouaient nerveusement. Son souffle était court et ses yeux humides.

« Je voudrais te poser une question, j'ai tellement besoin de savoir ». Samuel avait plongé ses yeux dans son bol, essayant de dissimuler son trouble.

« Est-ce que tu divorces parce que tu es homosexuel ? ».

Pardonne-nous nos offenses

Lisa avait laissé un mot sur la table du salon, son écriture était plus soignée que d'habitude : « Je souhaiterais que nous dînions ensemble. Je te ferai un compte rendu de ma rencontre avec mes parents ... ».

Samuel sourit des trois points de suspension et pensa que les choses devraient se passer aussi « bien » que pour ses parents à lui. Sa mère faisait preuve d'une très grande ouverture d'esprit et avait un avis sur tous les problèmes de société. Les discussions autour des repas de famille étaient souvent très animées et on pouvait lui en attribuer une grande partie. Sa conversion tardive au catholicisme l'avait toutefois un peu radicalisée ces dernières années. Le père de Lisa, très traditionnel, ne pouvait laisser présager d'aucune réaction particulière, la pire comme la meilleure.

Le week-end avait été très beau, et Samuel avait pu profiter d'une journée de plage avec Sébastien. En fin d'après midi ils s'étaient retirés à l'abri des regards dans les dunes où l'air était plus doux...

Samuel, sous la douche, n'entendit pas la petite famille arriver. Les filles envahirent la salle de bain en hurlant « Papaaaaa ! » et se jetèrent sur lui à peine séché. Une quarantaine de bisous après il descendît au salon flanqué seulement de son vieux short moulant qu'il s'obstinait à conserver malgré la menace permanente de rupture du tissu. Il ne réalisa pas l'effet que cela pouvait produire et le premier regard que lui porta Lisa ne fut pas celui d'une lesbienne.

- Tu as commencé à bronzer, se contenta-t-elle de dire pour cacher son trouble.
- Oui la journée a été superbe et l'océan magnifique. J'ai mis à chauffer des tomates farcies du congélateur, je suppose que comme moi, vous devez avoir grand-faim.

- Ce n'est pas très raisonnable de manger ce soir en ce qui me concerne vu la grande quantité de nourriture que j'ai engloutie chez mes parents pendant ces deux jours. Mais j'avoue que tes tomates me font envie.
- Comment ça s'est passé ? demanda Samuel en commençant à dresser le couvert.
- Très mal, répondit Lisa.

Samuel s'arrêta net, une assiette à la main et l'interrogea du regard. Elle lui fit un signe pour lui faire comprendre qu'elle ne désirait pas en parler devant les enfants. Ils attendirent la fin du repas et de la cérémonie du coucher pour s'installer dans le salon et prendre un café.

- Mon père est furieux et ma mère a eu une réaction très violente vis à vis de notre homosexualité, commença-t-elle immédiatement.
- De « notre » homosexualité ? reprît Samuel.
- Oui bien sûr, j'ai dit pour moi et pour toi.
- Je te remercie. Je m'aperçois que je prends des gants alors que d'autres s'en passent. En ce qui me concerne, je ne m'estimais pas le droit de faire ton coming out à ta place et je n'ai rien dit à mes parents de ta nouvelle vie. Et pourtant, cela aurait probablement atténué l'inquiétude qu'ils avaient sur le sort de leur belle-fille, dit-il d'un ton teinté d'amertume.
- Je me vois mal rencontrer tes parents pour leur dire ce que je suis, et c'est idem pour toi. Mais là n'est pas le problème. Mon père voit rouge, il a peur que sa fille se retrouve sans toit avec trois marmots et je n'ai pas pu le calmer.
- Je peux l'appeler et le rassurer, si tu veux.
- Je ne te le conseille pas, il a même parlé de te « casser la figure », je ne croyais pas mon père capable d'une telle violence.
- Charmant !

- Quant à ma mère, j'ai eu droit au sermon sur la brebis égarée, habitée par le démon. Elle pense que nous avons perdu la tête et nous devrions rencontrer un prêtre.

Samuel éclata de rire. Raconter sa vie en confession… irait-il jusque dans les détails les plus croustillants ? Il s'imagina un instant le prêtre sortir du confessionnal apeuré, brandissant un crucifix pour se protéger du diable.

- Il y a manifestement beaucoup de chemin à parcourir ! je ne l'aurais jamais cru. Ils ont tout de même entendu parler de cette différence que l'on ne considère plus comme une maladie mentale, non ? En ce qui concerne ton père, le peu de confiance qu'il me porte me déçoit. S'imagine-t-il que je puisse t'abandonner à la rue, avec mes enfants ? Se souvient-il que tu travailles et que notre modèle est un peu différent du sien ?
- Il pensait surtout à la maison, il a peur que nous la bradions pour aller plus vite et que nous ayons des dettes.
- Je te rassure, on mettra le temps qu'il faudra mais nous rentrerons dans nos fonds. Mon but est de récupérer l'épargne que nous avons injectée dans la construction. J'ai d'ailleurs pris contact avec une agence, ils viendront faire une estimation mardi matin. Cette ville de banlieue est en plein boom immobilier et beaucoup de demandes se font pour ce secteur.
- J'ai confiance, se contenta-t-elle de répondre.

Elle posa sa tasse de café dans un geste lent, les yeux vagues.

- Je pense que cela ne va pas être facile avec mes parents, cela va me rajouter du stress sur une situation qui n'est déjà pas facile. Je sais pouvoir compter sur toi pour m'aider. Nous devrons être clair et avancer ensemble de manière à ne pas être déstabilisés surtout en ce qui concerne les enfants.

- Me cacherais-tu quelque chose, Lisa ?
- Bien… j'ai un doute sur les intentions de mes parents.
- Que veux-tu dire ?
- Je ne sais pas, mais la proximité de leurs petits-enfants avec un père homosexuel les perturbe beaucoup.

Samuel resta bouché bée un instant puis explosa, rouge de colère.

- Tu n'es pas en train de me dire que tes parents confondent l'horreur de la pédophilie et mon homosexualité ? je te préviens que je n'accepterai aucune comparaison par qui que ce soit.
- Calme-toi, je ne leur ai pas laissé exprimer la moindre pensée dans cette voie, mais je dis simplement que la confusion est fréquente dans les esprits obscurcis par les préjugés.
- Ecœurant ! les actes de pédophilie sont perpétrés dans la quasi-totalité des cas par des hétérosexuels. Cela n'a absolument rien à voir. Il n'y a pas pire sourd qui ne veut pas entendre. C'est avec ce genre de connerie que l'on stigmatise une minorité.
- Tu sais il en est de même avec le SIDA. Cela concerne tout le monde mais on continue à penser qu'il s'agit d'une maladie qui ne touche que les homosexuels. D'ailleurs un raccourci rapide est homo égale SIDA. Je le vois bien à l'hôpital, quand un homosexuel est répertorié parmi les patients les précautions d'usage sont déjà prises avant même les résultats du test. On se méfie moins d'une femme, ou d'un homme « classique » qui pourtant pourraient s'avérer volages et ne jamais utiliser de préservatifs.
- Cela me donne l'envie de militer et de m'insurger contre les esprits rigides qui parfois prônent l'amour du prochain sans l'appliquer à eux-mêmes.

- Il leur faudra du temps c'est tout. Il faut comprendre que le choc est important et qu'ils souffrent, ils t'aimaient tellement.
- Ils m'aimaient comme tu dis, le demi-Dieu d'hier est devenu un monstre.

Samuel prît un pull et ses clefs de voiture et prît la direction de Bordeaux. Dans le reflet des feux de croisement on pouvait voir scintiller une larme sur sa joue.

CHAPITRE 5

C'est grave docteur ?

Il m'arrive aussi de ces heures
Où ma vie se penche sur le vide
Coupés tous les bruits du moteur
Au-dessus de terres arides

Je plane à l'aube d'un malaise
Comme un soleil qui veut du mal
Aucune réponse n'apaise
Mes questions à la verticale

J'dis bonjour à la boulangère
Je tiens la porte à la vieille dame
Des fleurs pour la fête des mères
Et ce week-end à Amsterdam

Pour que tu m'aimes encore un peu
Quand je n'attends que du mépris
A l'heure où s'enfuit le Bon Dieu
Qui pourrait me dire si je suis

Juste quelqu'un de bien
Quelqu'un de bien

Enzo Enzo – juste quelqu'un de bien - 1994

Docteur Freud

« Allo ? oui bonjour madame, voilà je vous appelle car j'ai plusieurs questions qui me restent sans réponse par rapport à l'éducation de mes enfants, peut être pourriez vous m'aider à y répondre et je souhaiterais un rendez-vous ... comment ? Jeudi 18 heures ... heu très bien. Merci au revoir ».

Samuel raccrocha et inscrivit « pédopsychiatre » dans son agenda. Puis il prit une feuille blanche et griffonna ses idées afin de préparer cet entretien. Il ne savait pas trop comment s'y prendre car il n'avait jamais consulté un psychiatre auparavant. Elle allait sans doute lui demander de décrire la situation puis de poser des questions. La question qui lui paraissait essentielle était de savoir à quel moment il était opportun de dire la vérité aux enfants, à quel âge et de quelle manière ? Quelles erreurs fallait-il éviter ? Son expérience allait sans doute l'éclairer.

Son collègue de bureau entra en fredonnant. Samuel pensa qu'il faudrait bien commencer à parler de son divorce à certains collègues de travail. Cela ne concernait personne sur le fond mais les questions sur la vie de famille étaient inévitables. L'ambiance à Bordeaux était plutôt du sud. Cela voulait dire que les invitations pleuvaient pour des barbecues, des anniversaires et autres manifestations conviviales. Plusieurs fois ces derniers temps, Samuel avait décliné prétextant la difficulté pour eux de s'organiser avec trois enfants en bas âge. Un jour ou l'autre il faudra qu'il le dise ne serait ce qu'au service du personnel et le secret ne serait plus gardé longtemps. Bientôt toute l'entreprise allait apprendre le divorce grâce à un « bouche à oreille » très performant dans cette ruche.

- Francis !
- Oui mon petit, répondit-il affectueusement avec son accent du sud-ouest.

A son arrivée à Bordeaux l'accueil de son collègue avait été des plus chaleureux. Près de la retraite Francis voyait en lui la relève et lui témoignait l'attention d'un père qui cède l'entreprise à son fils. D'ailleurs Samuel avait l'âge de son plus jeune. Plusieurs fois il l'avait invité chez lui et Samuel avait rencontré sa femme, une copie conforme de sa belle mère.

- Francis, il faut que je t'annonce quelque chose. Je te le dis à toi parce que je ne veux pas que tu l'apprennes par la bande.
- Dia ! que se passe-t-il ? tu me fais peur.
- Je divorce.
- Tu rigoles ?
- J'en ai l'air ?
- Non. C'est con !
- Je sais.
- Très très con !
- C'est tout ?
- Oui.

Francis ne fredonna plus de la journée et resta devant son clavier sans dire un mot.

Il était dix-sept heures cinquante neuf quand Samuel appuya sur la sonnette à côté de la plaque où l'on pouvait lire :

Docteur Mireille Lamour
Psychiatrie de l'enfant
et de l'adolescent

Samuel pensa qu'avec un nom pareil elle devrait sûrement être à son goût. En fait, elle l'accueillit froidement et le fit immédiatement entrer dans une pièce qui devait être son bureau, mais il n'y avait aucun bureau. Une pièce quasi vide si ce n'était les deux chaises mises côte à côte face au mur. Samuel refréna un fou rire, « voilà qui devrait me mettre en confiance ». Elle lui fit signe de s'asseoir et en fit de même.

- Bien, vous vouliez me poser une question je crois, lança-t-elle atonique.

Samuel, pris de court, hésita un instant.

- Je crains qu'il ne faille poser quelques éléments de décors avant cela, vous risquez de ne pas comprendre le sens de ma question sinon.
- Je vous écoute.

Samuel prit sa respiration et recommença une nouvelle fois son histoire, il lâcha d'un trait tout le roman : Lisa, les enfants, sa rencontre avec Sébastien, le divorce, l'homosexualité de Lisa, leur nouvelle vie qui se préparait, ses parents, ses beaux-parents…
Il se préparait à poser les questions lorsqu'il leva les yeux sur le médecin. Celle-ci semblait avoir changé de couleur et le regardait comme un extraterrestre. Il s'interrompît et resta silencieux.
Elle le regarda les yeux ronds.

- Vous aviez une question je crois ?
- Heu oui, en fait plusieurs. Mais pour commencer que pensez-vous des enfants, doivent ils savoir tout de suite la raison du divorce ? Dois-je leur dire que leurs parents sont homosexuels ? Je ne suis pas sûr qu'ils comprennent ce mot, l'aînée à bientôt six ans seulement, quant à Laurent il en a neuf.
- Il n'est pas bon de provoquer une situation qui peut déstabiliser l'enfant, il faut attendre qu'il se pose des questions.
- Et comment le saurais-je ? parfois les enfants, comme les adultes, gardent en eux leurs questions.
- Si vous restez proche d'eux, vous sentirez leur désarroi. Soyez vigilant sur leurs résultats scolaires également.
- Donc, vous pensez qu'il vaut mieux attendre que les enfants soient demandeurs avant de les informer.
- Ne raisonnez pas au pluriel, chaque enfant est différent et on peut s'attendre à un comportement singulier. Il

vous faudra gérer ceux qui savent et ceux qui ne savent pas.

- Savez-vous vers quel âge leur questionnement se fait le plus pressant ?
- Encore une fois chaque enfant est différent et cela dépend de votre vie. Si votre ... ami doit vivre avec vos enfants, cela viendra très vite.
- Croyez-vous que ....
- On arrête là pour aujourd'hui, vous pouvez convenir d'un autre rendez- vous si vous le souhaitez.

Samuel, un peu surpris, se souvint de cette particularité de la profession.

- Heu, bien je vais y réfléchir et faire le point et le cas échéant je reprendrai un rendez-vous, dis Samuel en sachant pertinemment qu'il n'en ferait rien.

En rentrant à l'appartement de Sébastien, Samuel avait déjà décidé de la conduite à tenir qu'il allait pouvoir proposer à Lisa pour l'éducation des enfants. Elle était simple et reposait sur 3 axes : Amour, vigilance et sincérité. La vérité ne sera dite qu'au moment venu, pas de traumatisme ou de fausse militance. Je ne serai pas plus fort parce que mes enfants savent, pensa Samuel, puisque je n'aurai pas la certitude qu'ils assument. Leur enfance est déjà entachée par le divorce et la séparation alors pourquoi en rajouter encore ? Plus tard lorsque leur petit cerveau aura grandi, que leur réflexion sera plus pointue par un discernement accru, ils poseront des questions de manière directe ou indirecte et ils seront plus forts pour analyser la révélation de leurs parents. Ce qui peut ressembler à de la lâcheté est en fait de la sagesse.

- En définitive la psy n'a fait que confirmer ton avis sur la question, n'est ce pas ? dit Sébastien avec un léger sourire après avoir écouté le compte rendu de Samuel.
- Exactement ! répondit Samuel.

- J'ose imaginer que tu ne déformes pas ses dires pour faire passer tes propres idées. Je connais ton entêtement dans ce domaine…
- Rien ne t'empêche de prendre un rendez-vous, tu as un fils aussi. Il est clair qu'il serait préférable d'avoir la même ligne de conduite tous les deux, et ta femme aussi, car on ne peut garantir que Laurent garde le secret.
- Il le gardera, je le connais bien, cependant je ne lui imposerai rien. Il sera probablement le premier à savoir compte tenu de son âge. Suivant la formule de vie que nous prendrons les questions peuvent venir vite.
- Que veux-tu dire par « formule de vie » ?
- Et bien si nous vivons dans deux appartements séparés ou ensemble.
- Parce que dans ta tête ce n'est pas clair ? questionna Samuel sèchement. En ce qui me concerne la décision était prise, je pensais naïvement que notre plus grand désir était de vivre ensemble.
- Mais oui ! moi aussi, mais avec quatre enfants, il va falloir trouver un appartement suffisamment grand pour éviter la promiscuité. Va-t-on coucher dans le même lit immédiatement ?
- L'idéal serait un appartement avec cinq chambres, une pour les filles, une pour Laurent, une pour Léo, une pour toi et une pour moi.
- Cela va nous coûter une fortune !
- Il nous faut partir du principe que si nous vivions chacun de notre côté, nous aurions deux loyers à assumer. En cumulant les deux, compte tenu du marché locatif, cela fait une somme rondelette aux environs de sept mille francs. Nous devrions pouvoir trouver un grand appartement pour ce montant.
- On abandonne l'idée de faire des économies, dit Sébastien un peu déçu.
- Tu es matérialiste ! ça va être génial. Quelle famille moderne ! Une semaine sur deux, deux pères et quatre

enfants, et l'autre semaine un couple de tourtereaux. Cela nous garantit un épanouissement affectif, c'est sûr. Sébastien, nous avons plus de trente ans, nous nous aimons comme des fous, il est temps de vivre notre vie.

Pendant ce temps, dans leur maison de banlieue, Lisa était allongée sur le lit, le téléphone collé à son oreille. Elle ressemblait à une collégienne en grande conversation avec le chéri du moment. Il était facile de comprendre que cet appel la comblait de bonheur. Les phrases étaient courtes et mielleuses ponctuées de petits rires.
Soudain elle sentît une présence juste derrière elle à l'entrée de la chambre.
Elle poussa un cri de surprise.

- Christine ! mais je ne t'ai pas entendue venir !
- Pourtant j'ai frappé, répondit la voisine.

Lisa reprît ses esprits et très vite décida de ne pas laisser passer ça.

- Personnellement, si je frappe chez quelqu'un et que personne ne me répond, je n'insiste pas. Depuis quand rentre-t-on chez les gens sans y être invité ?
- La porte était ouverte, insista la voisine.
- Cela ne donne aucun droit de monter à l'étage dans la chambre, tout de même. Je te demande de respecter les règles de politesse élémentaires à l'avenir.

La voisine accusa le coup mais contre toute attente ne sembla pas très vexée. Manifestement son attitude lui paraissait normale entre voisins. Il y avait un grand décalage entre les deux femmes dans leur conception de la vie en lotissement.

- Je venais voir si je pouvais te laisser Mathilde une petite heure tout à l'heure, je dois absolument emmener Thibaut chez le médecin, hasarda la voisine.

Lisa se radoucit.

- Oui bien sûr, je t'en prie. Qu'est-ce qu-il a ?
- Oh rien d'original, une otite probablement, il a de la fièvre et hurle dès que je lui effleure le visage.
- Effectivement ! je dois aller chercher les filles à l'école, tu veux que je récupère Mathilde en même temps ?
- Oh oui merci, cela m'évitera de trimbaler le bébé deux fois.

Lisa reprît le combiné du téléphone qui gisait sur le lit et demanda à son interlocuteur de bien vouloir l'excuser et qu'elle rappellerait un peu plus tard.

Puis elles descendirent. Avant de partir Christine regarda longuement Lisa. Depuis quelques temps elle avait remarqué un manège bizarre dans cette maison. Elle ne voyait plus Lisa lorsque Samuel était là, Samuel s'en allait quelques minutes après la réapparition de Lisa qui revenait d'on ne sait où. Et plus étrange encore, Samuel recevait des visites nocturnes d'un homme lorsqu'il était seul à la maison avec les enfants. Son mari la sermonnait souvent lorsqu'elle guettait derrière sa fenêtre en vis à vis.

- Je nous imagine déjà dans quarante ans lorsque la principale occupation que nous aurons sera de regarder passer les gens dans la rue, disait-il en grommelant.
- Ecoute, je trouve vraiment surprenant ces va-et-vient ! à mon avis il y a le torchon qui brûle, et il brûle au bas de la ceinture.
- Que veux-tu dire ?
- Rien rien, une intuition, c'est tout, avait-elle dit d'un air mystérieux.

Planning foireux

« Allo, bonjour je voudrais parler à Samuel C. s'il vous plaît ? »
Samuel ne reconnut pas la voix au téléphone. Il venait à peine d'arriver au bureau que le téléphone avait sonné.

- Oui, c'est lui-même, à qui ai-je l'honneur ?
- Bonjour, je suis la directrice de l'école de Chloé, que s'est-il passé ?
- Comment cela, que s'est-il passé ? demanda Samuel en tremblant déjà.
- Et bien personne n'est venu chercher Chloé hier soir à l'école, j'ai dû prévenir la police car personne ne répondait à votre domicile. Heureusement votre voisine est venue la récupérer… ainsi que votre fils d'ailleurs qui attendait à la crèche.
- …

Samuel était anéanti.
Il raccrocha en bredouillant et resta quelques minutes la bouche ouverte. Des images atroces de sa fille en train d'attendre toute seule à la garderie de l'école barraient la route à toute réflexion. Puis d'un bond, il prît sa veste et sortit du bureau, il faillit renverser Francis qui arrivait avec son cartable vide.

- Dia, que t'arrives-t-il, il y a le feu dans l'immeuble ? Pourtant je n'ai rien …
- J'ai fait une énorme, mais énorme connerie ! je dois partir immédiatement, lui héla-t-il en disparaissant déjà au coin du couloir.

Francis haussa les épaules « ce garçon est fou ! » pensa-t-il.

Samuel regagnait la banlieue comme un robot. Lorsqu'il arriva au lotissement, ce qu'il craignait était pire encore. La voisine l'attendait déjà sur son perron avec un air de reproche presque solennel.

- Samuel, lança-t-elle immédiatement, comment une chose pareille est elle possible ?
- Je … je ne sais pas, je crois que je me suis planté dans le planning.
- Mais quel planning ? Allez-vous m'expliquer ce qui se passe à la fin ?

Elle exultait en sentant arriver les aveux.

- Où sont-ils ? demanda Samuel en scrutant nerveusement le salon.
- Léo dort, je lui ai fait un biberon et il s'est rendormi, j'ai eu du mal à le calmer hier soir. Quant à Chloé elle joue avec Mathilde dans sa chambre. Sois doux avec elle, elle est traumatisée.

Samuel était déjà dans le couloir, ne connaissant pas beaucoup la maison de ses voisins, il se guida à l'oreille. Il trouva les deux fillettes en train de jouer à la poupée. Chloé leva les yeux et mis quelques secondes avant de recouvrer une attitude normale. Elle s'élança en criant « Papaaa » et vint se blottir dans ses bras.

- Tu as eu beaucoup de travail, dis donc ! je suis resté si tard hier soir, tu sais avec le moniteur on a joué à tous les jeux de la garderie, et il m'a laissé gagner.

Samuel sentit que la boule qu'il avait dans la gorge l'empêchait de parler. Il ne voulut pas se donner en spectacle devant sa voisine et surtout infirmer le mensonge qui entourait sa bêtise. Ils revinrent dans le salon.

- Heureusement que je me suis souvenue que Marie était à Toulouse chez ses grands-parents, reprît la voisine, car j'ai cru qu'elle aussi attendait à son école. Je suis allée voir quand même pour m'en assurer, mais c'était fermé et la police ne m'a rien dit à son sujet.

- Je suis désolé.
- Mon mari est très en colère après vous, j'ai dû le calmer. Tu imagines mon embarras.
- Je croyais que c'était Lisa qui devait les récupérer.
- Mais vous ne vous êtes pas parlé ? où est-elle ? personne n'a dormi chez vous cette nuit. Je n'y comprends rien. Où allez-vous bon sang ?

Samuel se tourna vers la baie vitrée. A travers la vitre il pouvait voir en face sa maison. Les volets de la chambre étaient fermés. Une larme coula sur sa joue.

- Lisa et moi, nous divorçons, dit-il.
- Ah bon ? demanda Christine faussement étonnée.
- La maison est en vente.

Un éclair put se voir dans les yeux de sa voisine, ce qu'elle avait imaginé était donc vrai. Tout ce manège était bien dû à une seule chose : les voisins se séparaient. Elle crût bon de rajouter les questions de bienséance classiques :
Avez-vous pensé aux enfants ? Êtes-vous sûrs de ce que vous avez décidé ? N'y a-t-il pas une solution ?

Samuel ne souhaitait pas lui répondre, de toute manière il était déjà épuisé par l'émotion. Il alla récupérer Léo dans son sommeil et demanda à Chloé de le suivre à la maison. Il remercia comme un robot sa voisine et rentra chez lui.

Assis sur le canapé, Samuel composa le numéro griffonné sur un bout de papier que Lisa avait laissé à son intention en cas d'urgence. Au « allo » de sa femme, il se mit à pleurer. Il lui expliqua la situation tant bien que mal. Il fallait appeler la police, aller voir le directeur de l'école, celui de la crèche. Tout ce petit monde ne se retiendrait pas d'afficher un regard de reproche, sans nul doute. Samuel avait tellement honte. Lisa écouta et se contenta de dire « je rentre immédiatement ».

Samuel s'exerça à recouvrer son calme avant d'appeler la police du quartier. Celle-ci se contenta des explications orales pour fermer ce dossier. Apparemment il n'y aurait aucune suite à cet incident.

Le soir même Lisa et Samuel décidaient de mettre en place un système de contrôle systématique au niveau du planning. Celui qui récupérait les enfants informait par téléphone l'autre en rentrant à la maison. Ainsi s'il n'y avait pas d'appel, cela pouvait être une alerte.

Re belote

L'année scolaire arrivait à sa fin. Plusieurs rendez-vous furent pris avec l'agence immobilière au sujet de la maison. Très vite un jeune couple souhaita signer un sous-seing sans négocier le prix initial. La vente fut planifiée pour la fin septembre. Samuel était satisfait car de cette vente dépendait leur situation financière à venir mais également parce qu'elle contredisait la critique de son futur ex-beau-père. Lisa avait contacté le service social du CHU de Bordeaux et était sur la piste d'une maison dans un village voisin. Ainsi les enfants n'auraient pas besoin de changer d'écoles.

L'été fut très édifiant sur leur nouvelle vie. Traditionnellement les enfants étaient envoyés chez leurs grands-parents une bonne partie des vacances. Et cette année, pour la première fois, Lisa et Samuel seraient seuls chacun de leur côté. Dès le mois de juillet Samuel et Sébastien décidèrent de se rendre en Espagne, Lisa quant à elle irait sur la côte basque retrouver son inconnue.

Un soir, peu de temps avant son départ pour l'Espagne, vers vingt-et-une heure, Samuel reçut un appel de Suzanne, sa voix était essoufflée et plaintive.

- Sam, je suis partie…
- Partie ? mais que veux-tu dire ? tu es où ? Samuel craignait de comprendre.
- Je suis chez une amie… J'ai fait ma valise pendant qu'il travaillait…Je ne pouvais plus rester, je te jure… la voix se cassa complètement
- Si tu pars, c'est sûrement pour de bonnes raisons. Mais comment vas-tu, vous êtes vous disputés ?
- J'ai peur, il va être fou de rage… je ne lui ai rien dit…
- Et ton amie, qu'en pense-t-elle ? demanda Samuel cherchant à savoir comment sa sœur avait sécurisé son départ, il n'avait aucune confiance en son mari. Il maudissait les kilomètres qui les séparaient.

- Il ne viendra pas ici, je crois, il craint mon amie et son mari. Mais peut être qu'il va m'attendre au boulot demain. Je ne peux plus rester, tu comprends, je me suis trompée... tellement trompée. Elle se m'y à pleurer.
- Je sais ma Suze, nous le savons tous, ne t'inquiète pas. Papa et maman sont prévenus ?

Son silence valait une réponse. Samuel se dit alors que ses pauvres parents n'étaient pas à la fête en ce moment. Ils allaient prendre encore un coup sur la tête, après le fils, la fille. C'était Dallas à la maison !

- Tu préfères que je me charge de les avertir, questionna Samuel après réflexion.
- Tu peux faire ça pour moi, Sam ? ... merci beaucoup ... je ... je n'y arriverai pas.
- Bon écoute, je vais les appeler, mais attend toi à ce qu'ils t'appellent en suivant et même que Papa vienne assez rapidement à Lyon. Es-tu prête à assumer ?
- Je ne sais pas, mais il faut leur dire ? il n'y a pas d'autres choix.
- Ok. Je les appelle et on se contacte un peu plus tard dans la soirée.

Samuel réfléchit un instant à la manière dont il allait s'y prendre, connaissant ses parents, ils savaient qu'ils allaient réagir violemment à l'égard de Bastien, persuadés que celui-ci avait sûrement dépassé les bornes acceptables lors d'un énième excès de jalousie. Il jugea bon de les rassurer immédiatement sur le lieu de retraite de leur progéniture. C'est son père qui décrocha, Samuel en fut soulagé, sachant que la conversation allait être de ce fait plus courte. Comme prévu, celui-ci réagît à cette nouvelle par un silence évocateur, puis il demanda si sa fille avait un numéro de téléphone où la joindre. Samuel donna le numéro de son hôte de miséricorde en expliquant bien que sa fille était bouleversée et que dans un premier temps il fallait la rassurer avant de mettre en œuvre quoi que ce soit.

Il devait être près de minuit quand Suzanne rappela son frère. La voix était plus calme, mais l'ambiance n'était pas vraiment à l'euphorie.

- Tu as eu papa au téléphone ?
- Oui, il vient avec Paul demain pour déménager mes affaires pendant que Bastien est au travail.
- Bah, c'est un peu dur comme procédé, quand même.
- Oui, je sais, mais je crains le pire si on le fait devant lui.
- Tu vas prendre quelques jours de vacances ? tu peux venir ici si tu le souhaites, il ne viendra pas t'y chercher.
- Sam, j'ai quelque chose à te dire d'important.
- Suze, tu peux en garder pour l'année prochaine, je sature un peu en ce moment, plaisanta-t-il. Alors c'est quoi, tu es lesbienne ? tu pars vivre en Afrique ? tu …
- J'ai rencontré quelqu'un et je suis très amoureuse.
- Et c'est un garçon ?
- Mais oui, quel crétin !
- Dieu merci de nous protéger encore !
- En revanche, il a deux enfants.
- Et une femme je suppose ?
- Non, j'ai évité le pire, il est divorcé.
- Comme c'est original. Bon, ses enfants sont jeunes ?
- Il a une fille de quatre ans et un fils de huit. Mais il les a eus tard.
- Tard ? comment ça tard ? quel âge a-t-il ?
- Quarante ans ! c'est beaucoup hein ?
- Ce n'est pas beaucoup non, mais je te rappelle que tu en as vingt-quatre… Sais-tu qu'avec… tout juste seize ans d'écart, il peut t'adopter ? Ce serait génial, tu ne trouves pas ? En y regardant de plus près, il a moins de différence d'âge avec Maman qu'avec toi ! c'est fou non ? je pense que ce coup ci, nos parents se retirent dans un monastère jusqu'à la fin de leurs pauvres jours.
- Sam, j'apprécie ton encouragement, vraiment.
- Ça m'agace tous ces mecs qui te touchent !

- Oui, je sais. Un jour tu iras voir un psy à ce sujet… où plutôt nous irons voir un psy.
- Plus sérieusement, je me demande comment nos parents vont prendre ça.
- Je ne vais pas leur dire tout de suite, mais il faudra bien les prévenir un jour.
- Et comment s'appelle ce vieux satyre ?
- Cet adorable bonhomme s'appelle François et il va falloir apprendre à l'aimer, mon cher frère parce que je crois que c'est le bon.
- Ne m'en demande pas trop quand même. Ne crains-tu pas les conflits de génération ? il sait que je suis pédé ?
- Je préfère le terme « gay », s'il te plait. J'ai commencé à lui en parler. Mais bon, pour l'instant je suis un peu chamboulée et ce n'est pas trop le moment de débattre sur l'acceptation de ta charmante perversion, ne crois-tu pas ? dit-elle en ricanant, j'ai des soucis je te rappelle, mon cher « centre du monde ».

Même la tension des événements ne pouvait les empêcher de plaisanter, c'était plus fort qu'eux. Le mari de Suzanne n'allait pas forcément être très facile à gérer dans les prochaines semaines. L'idée que son père et son frère allaient être sur place rassura Samuel sur la sécurité de sa sœur au moins pendant la semaine de vacances. Et puis il y avait l'autre …

CHAPITRE 6

L'amour aveugle

Graver l'écorce jusqu'à saigner
Clouer les portes, s'emprisonner
Vivre des songes à trop veiller
Prier des ombres et tant marcher

J'ai beau me dire qu'il faut du temps
J'ai beau l'écrire si noir sur blanc
Quoique je fasse, ou que je sois
Rien ne t'efface, je pense à toi

Passent les jours, vides sillons
Dans la raison et sans amour
Passe ma chance, tournent les vents
Reste l'absence, obstinément

J'ai beau me dire que c'est comme ça
Que sans vieillir, on n'oublie pas
Quoique je fasse, ou que je sois
Rien ne t'efface, je pense à toi
Et quoi que j'apprenne, je ne sais pas
Pourquoi je saigne et pas toi

Jean-Jacques Goldman – Pas toi - 1985

Havre de paix

La route fut longue mais cela en valait la peine.

La maison située sur les pentes du Capo de la Nao offrait un panorama merveilleux sur la baie de Javea et sur la mer. Le petit escalier en pierres qui descendait vers la terrasse de l'entrée traversait un jardin méditerranéen où se mêlaient romarin, lavande, santoline, bougainvilliers et lauriers roses. Des aloès énormes comme des pieuvres étalaient leurs feuilles piquantes. Des figues de barbarie prêtes à éclore décoraient le talus. L'air embaumait les essences distillées par un soleil de plomb en ce début juillet. Ces parfums familiers procuraient à Samuel le bien-être de celui qui rentre chez lui en terre de méditerranée. La terrasse était à deux niveaux, et celui du bas accueillait une piscine courbe privative remplit d'une eau cristalline. Samuel et Sébastien restèrent quelques secondes réalisant le bon choix effectué sur le catalogue de l'agence.

- Qu'en penses-tu ? demanda Sébastien.
- On ne doit pas être loin du bonheur, je crois. Toi et moi pendant une semaine dans ce paradis, je dois rêver ! Si quelqu'un essaie de me réveiller je l'étrangle.

A peine les affaires rangées à l'intérieur de la maison au mobilier simple mais fonctionnel, les deux garçons plongèrent dans l'eau transparente de la piscine. L'eau devait atteindre les vingt-six degrés grâce au soleil brûlant de la journée. Samuel croyait rêver, cet endroit était à la hauteur de leur lune de miel. Sébastien regarda autour de lui à plusieurs reprises, puis soudain s'arc-bouta dans l'eau relevant de grosses vagues. Enfin il brandit triomphalement son maillot de bain, le fit tournoyer au dessus de lui avant de le jeter sur la margelle beige du bassin.

- Il n'y a aucun vis-à-vis sur la piscine, à nous la liberté ! cria-t-il avant de replonger sous l'eau.

Samuel n'avait pas trop l'habitude de se mettre nu dans une piscine mais il n'eut pas le temps de gérer sa pudeur car Sébastien lui enlevait déjà son propre maillot depuis le fond de l'eau. Tous deux se chamaillèrent comme des adolescents quelques instants puis l'excitation rendît les choses plus sérieuses...

Le lendemain matin ils se rendirent au village. Sébastien y était déjà venu avec sa femme, il soupçonnait même d'avoir créé son fils dans ce havre de paix. Javea était une petite station balnéaire qui n'avait pas été dénaturée par l'appétit des promoteurs espagnols, à l'instar des villes avoisinantes comme la monstrueuse Benidorm qui érigeait ses tours de béton sur la plage. Le village avait gardé le charme espagnol avec ses maisons blanches et ses ruelles. Les alentours se clairsemaient de belles villas qui servaient de résidences secondaires aux valenciens et madrilènes huppés. La baie était surplombée au nord par la montagne grise du Mongo, et au sud par le cap de la Nao. Au bout de la jetée un phare faisait face à l'immensité bleue et à l'île d'Ibiza située à moins de cent kilomètres.

En haut du village, un marché couvert étalait toutes sortes de produits frais et les vacanciers comme les ménagères autochtones semblaient y trouver leur bonheur. Des étals de poissons regorgeaient de seiches, de tranches d'espadon, de sardines et de gambas à des prix incroyablement bas. Ne sachant, ni l'un ni l'autre un mot d'espagnol, les victuailles furent achetées en montrant du doigt.

En début d'après-midi, ils se préparèrent pour se rendre à la plage.

- La plage où je t'emmène va te ravir, annonça Sébastien.
- Elle est loin d'ici ?
- Très loin, à environ cinq cents mètres.
- Cool !
- Il paraît même qu'elle est fréquentée par des garçons, dit-il en lui faisant un clin d'œil.

- Ah... se contenta de répondre Samuel. Cette nouvelle n'est pas très compatible avec une lune de miel, pensa-t-il.
- Ce que j'apprécie le plus, c'est qu'elle est la seule plage naturiste du coin, ajouta Sébastien en enfermant deux bouteilles d'eau dans le sac isotherme.
- Bien sûr.

Le coup d'œil du haut de la falaise était magnifique. Samuel eut du mal à manœuvrer la voiture dans la route fortement pentue. Il fallut se garer au bord du précipice et mettre des cales sous les roues afin d'éviter un accident en cas de rupture du frein à main. La falaise semblait s'ébouler sur la plage, et de gros rochers émergeaient de l'eau turquoise. Au large une île abrupte servait de repaire aux oiseaux. Une crique proposait un espace moins chaotique en son centre et on pouvait y apercevoir quelques parasols.

- La plage est faite de galets, mais on peut aussi s'installer sur les grands rochers là bas au fond. Tu vois il y a déjà du monde, même à cette heure de zénith, dit Sébastien.
- Par où descend-on, s'inquiéta Samuel ?
- Par un petit chemin, je t'avertis il faut escalader un peu.
- Ça ne me gène pas, j'ai fait les GR, moi mon vieux !
- Ne m'appelle pas mon vieux.
- Pardon, dit Samuel en baissant la tête afin de cacher son sourire moqueur.

Mieux valait ne pas être en tongs pour accéder à ce paradis aquatique. Les derniers mètres du chemin avaient disparu dans un éboulis, et un semblant d'escalier à même le talus avait été façonné par les plagistes pour permettre le passage aux seuls amoureux des criques. « Un système de sélection naturelle » pensa Samuel. Puis il fallut marcher une bonne centaine de mètres sur les rochers instables pour enfin arriver sur les galets. La chaleur était écrasante et des perles de sueurs apparaissaient sur les fronts rougis. Ils s'installèrent sur une petite plage entre deux gros rochers ce qui les isolaient des autres. A peine nus ils se jetèrent à l'eau pour enfin se rafraîchir. Encore une fois Samuel se demanda s'il y avait autre paradis sur terre.

Les heures s'écoulèrent au rythme des bains et des siestes.

En fin d'après-midi, Sébastien semblait scruter les rochers qui s'étendaient sur le restant de la plage, formant d'innombrables cachettes.

- Que regardes-tu ? demanda Samuel naïvement.
- Tu n'as pas remarqué le manège, c'est un lieu de rendez-vous ces rochers. Les Espagnols sont chauds à cette heure.
- Ah bon ? dit simplement Samuel en se levant pour regarder. C'est vrai que le lieu se prête à la sensualité, cette chaleur, l'eau turquoise, les corps nus. Moi personnellement je …
- Viens, on va voir de plus près, dit Sébastien en se dirigeant vers le passage qui permettait de sortir de la mini-crique où ils se trouvaient.

Samuel inquiet le suivit. La mer cognait les rochers et l'écume scintillait sous le soleil rasant. A un détour un peu difficile, le couple tomba sur un jeune homme assis sur un rocher plat. Il semblait ne pas les avoir vus, mais Sébastien expliqua à Samuel que cela faisait un moment qu'il les observait depuis son mirador. Samuel le regarda, et malgré le charme évident de cet éphèbe, ressentit une légère répulsion. Cet être était un danger pour la suite de la lune de miel. Sébastien semblait jouer de regards en coin. Le jeu de la séduction, auquel Samuel ne comprenait rien et que de toutes les façons il n'était pas disposé à apprendre, s'était mis en route.

Le jeune espagnol sembla deviner que les deux touristes n'étaient pas en phase, il fuyait le regard de Samuel tout en soutenant celui de Sébastien. S'en était trop, Samuel obliqua vers la plage pour rejoindre sa serviette.

Quelques minutes après, Seb le rejoint.

- Eh bien alors, tu m'as lâché ?

- …
- Tu fais la gueule ?
- … non, non.
- Ben si tu fais la gueule, écoute, tu n'es pas drôle.
- Pas drôle ? tu dragues un mec devant mon nez, et c'est moi qui ne suis pas drôle. Effectivement toi tu l'es, drôle !
- Je ne drague pas, je regarde c'est tout.
- Un regard appuyé quand même. Tu n'as qu'à aller lui parler tant que tu y es, ne t'inquiète pas, je vais bouquiner un peu pendant que tu batifoleras…
- Franchement tu es à côté de la plaque, se contenta de dire Sébastien.
- C'est ça, c'est moi qui suis à côté de la plaque. Je te rappelle que ce sont nos premières vacances et que j'y place quelque chose de très fort.
- Allez ça suffit, arrête ton cinéma, sanctionna Sébastien, on laisse tomber, de toute façon il n'y a plus de soleil ici, on sera mieux au bord de la piscine.

Ils rangèrent froidement leurs affaires et s'attaquèrent à la remontée de la falaise. Ils remarquèrent tous les deux que le jeune espagnol rassemblait ses affaires également et emboîtait leurs pas. Samuel était furieux, mais n'osait plus rien dire. Il sentît bien que Sébastien s'employait à faire l'indifférent tout au long du chemin escarpé, mais qu'il ne perdait aucun des faits et gestes du rival.

Ils rejoignirent leur cabriolet accroché sur la route en pente. Samuel prît le volant, la manœuvre dans l'étroit cul-de-sac était périlleuse. Ils passèrent devant le jeune autochtone qui rejoignait son propre véhicule, une golf blanche immatriculée dans la région, le regard droit.

Il était vraiment mignon, ce con !

Sur le trajet du retour Samuel pouvait voir, dans le rétroviseur, la golf qui les suivait. Au moment de tourner sur la route qui mène aux villas sur le cap, Samuel ne voulut pas perdre la face et leva la main en signe de salut. Un appel de phare et un bref coup de klaxon s'en suivit derrière eux, avant que la voiture ne poursuive sa route vers Javéa.

-   Tu vois que tu peux être sympa quand tu veux, fit Sébastien.
-   Oh ça va ! râla Samuel un peu vexé d'avoir céder à la jalousie. Mais l'éloignement du danger lui avait rendu sa bonne humeur.

La réconciliation définitive arriva vite. Le soleil couchant donnait à la maison une couleur rosée et le ciel rouge annonçait un lendemain ensoleillé. L'eau de la piscine était presque tiède et éveilla la sensibilité des deux garçons. Leur corps de frôlèrent à plusieurs reprises, leur regard interrogatif cherchait une réponse à leur désir. Enfin, près des marches, les bouches avides se joignirent.

La pulsion fut brutale et ils durent reprendre leur souffle plusieurs fois. Les corps se connaissaient déjà bien mais s'ajoutait aux gestes d'amour des regards étranges, entre admiration et défi. Ces regards exprimaient clairement qu'aucun de ces deux mâles n'accepterait d'être soumis à l'autre.

Rien à déclarer

Les rendez-vous chez l'avocat n'étaient plus que formalités.

La séparation des biens était relativement simple maintenant, dans la mesure où le bien principal, la maison, allait être vendue probablement fin octobre. Lisa s'installera dans sa nouvelle location le 1er du même mois. Pour Samuel et Sébastien, les visites d'appartements étaient relativement espacées car les agences avaient du mal à trouver le produit exigé, surtout dans le centre ville.

Samuel dressa la liste des affaires qui se trouvaient dans la maison. Curieux recensement d'objets qui, tout d'un coup, portent un souvenir et prennent une valeur sentimentale. Le salon traîné depuis l'appartement de Paris, le banc d'angle qui faisait style dans la cuisine, le magnétoscope offert pour son dernier anniversaire. Il classa même la grande pile de CD en faisant deux tours distinctes, ceux de Lisa et les siens. Il s'aperçut, qu'en définitive, ils ne se battraient pas sur ce point-là, leurs goûts musicaux étaient finalement très différents. Y a-t-il obligation de convergence de sensibilité pour les arts dans un couple ?

A la fin de son travail il avait recouvert une feuille recto verso.

« Voilà huit années de notre vie réduites sur deux pages, et encore j'écris gros !» pensa-t-il faussement ironique. La suite était moins drôle, car il fallait répartir équitablement en tenant compte de la valeur de l'objet bien sûr, mais aussi de l'attachement que chacun d'eux pouvait en avoir.

Il y passa une bonne heure, revenant en arrière plusieurs fois. Il aurait voulu ne pas être juste financièrement pour jouer les Seigneurs et tout laisser à sa femme, mais il ne voulait pas se retrouver dans la situation de Sébastien.

Fiscalement, les enfants seront rattachés à Lisa, ce qui mettait Samuel en situation administrative inexplicable de « divorcé sans enfant » sur l'imprimé n°2042.

Comment le fisc pouvait il déposséder un père de ses enfants ? C'est non seulement un manque de psychologie incroyable, mais également une injustice qui mettait le père de trois enfants dans la même situation fiscale qu'un célibataire. Seule la pension alimentaire pouvait diminuer son assiette d'imposition mais en ce qui concerne son montant, Samuel ne pouvait aller bien loin, non plus, faute de revenus suffisants. De plus, Samuel « père sans enfant » devait toutefois s'installer, comme Lisa, dans un appartement suffisamment grand pour recevoir sa petite famille, il devrait les nourrir, les emmener au cinéma, etc. Il n'allait tout de même pas demander à son ex-femme de rembourser les tickets d'entrée. De plus, ce que Samuel ne s'imaginait pas encore, c'est que le transport des enfants pour se rendre chez lui serait à sa charge et « non déductible ». Ce qui semble résumer la situation en quelques mots « Tu veux voir tes enfants alors mets y le prix ». Un cercle vicieux qui expliquait en partie la terrible statistique du nombre de pères qui ne voyaient plus ses enfants après un divorce. Samuel savait qu'ils ne feraient jamais partie de ceux là, sauf si Lisa devenait soudainement possessive des enfants, ce qui était peu probable. Elle semblait tenir à sa nouvelle liberté périodique.

Samuel vida toutefois son sac auprès de l'association « SOS Papa divorcé » par l'intermédiaire de leur serveur minitel. Cela ne le soulagea qu'à moitié.

Le soir, Lisa rentra de la côte basque. Elle ne regarda que d'un œil distrait la liste des objets à répartir.

- Laisse-moi le lave-linge, le frigo et les chambres des enfants, s'il te plait, le reste je m'en fou, lança-t-elle royale.
- Je garde notre lit, dit-il pour la blesser.
- Pas de problème, je ne souhaite plus dormir dans ce lit où nous avons fait nos trois enfants.

Coulé.

Il n'y eu pas d'entraide pour le déménagement, Lisa profita d'un week-end avec les enfants pour inviter ses parents. Son père lui prêta main forte pendant que sa mère s'occupait des enfants. Samuel était interdit de séjour, compte tenu du climat polaire avec sa future ex belle famille.

Lorsque qu'il retourna à la maison familiale le lundi matin, Samuel eut un choc. La maison semblait si vide malgré les meubles qui restaient les siens. Une impression de pillage et de départ rapide.

Il espéra ne pas rester longtemps dans cette maison, Seb avait bon espoir de trouver un appartement pour le 15 novembre. L'agence immobilière lui en avait proposé un très vaste rue Turenne dans un immeuble des années 70. Ils devaient aller le visiter en fin d'après midi car celui ci était disponible immédiatement, ce qui n'était pas étonnant compte tenu du prix de la location.

Samuel se fit un café. Face à la fenêtre qui donnait sur le jardin qui devait accueillir la piscine. Il se fit le déroulé de ces derniers mois de fièvre.

Cela faisait un an que l'affaire avait éclaté. Un an que l'aveu de Samuel avait déclenché le processus inexorable qui avait sonné le tocsin de la vie bourgeoise et bien rangé d'une famille parfaite sous tous rapports.

Désormais s'ouvrait la vie assumée, la vie en paix avec leur sensibilité. Les deux jeunes trentenaires allaient vivre leur « vraie » vie, en faisant une rupture radicale avec le monde de leur enfance et son influence culturelle. Une émancipation douloureuse et merveilleuse à la fois. Chacun partait, parce c'était son destin, accompagné d'un être aimé pour rejoindre les siens. Quel sens allaient-ils donner à cette nouvelle vie ? Combien de temps celle ci allait elle durer ? ne regretteraient-ils jamais leur choix, tous les deux ? Les enfants allaient probablement leur rappeler sans cesse qu'ils avaient vécu ailleurs et ensemble. Alors même que Samuel ne se souvenait déjà plus du corps de Lisa pourtant mille fois caressé de ses mains. Il avait oublié le parfum de sa peau. Il ne savait plus rien du plaisir qu'ils s'étaient donnés. Cette nouvelle vie effaçait tout, comme la réalité du matin fait disparaître le songe d'une nuit.

Il se rendit dans le salon ou un fauteuil IKEA trônait, isolé dans l'espace vide. Il fit machinalement le numéro de sa sœur en priant pour qu'elle soit chez elle. Seule Suzanne pouvait lui remettre le pied à l'étrier, elle ne condamnait pas, ne jugeait pas et ne militait pas dans son sens non plus. Elle comprenait simplement.

- Alors, comment vont nos jeunes et beaux top models bordelais ?
- Bof, je suis dans la maison et je me sens assez mal. Lisa a pris toutes ses affaires. Et encore je ne suis pas encore monté voir les chambres des enfants qui doivent être vides. Tu as du Lexomil ?
- Ne prend jamais de ça, c'est un engrenage dangereux.
- Ne t'inquiète pas, je n'en ai jamais eu besoin. Et toi toujours en amour avec ton homme aguerri ?
- Ah ça oui, qu'est ce que je suis heureuse ! tu ne peux pas savoir. C'est le jour et la nuit. Ses enfants m'adorent !
- Et il en voudra d'autres d'enfants ? je veux dire avec toi.
- Je ne sais pas, pour l'instant la question ne se pose pas. Je ne me la pose pas.
- Tu as 25 ans, c'est un peu normal. Mais je ne te vois pas sans enfant à toi, car tu es comme moi.
- Que veux-tu dire ?
- Tu sais, c'est quelque chose de très archaïque, je veux dire… le fait de vouloir un enfant à soi. Tout le monde dit que donner la vie c'est important, que celui qui ne l'a pas fait ne peut pas comprendre l'existence, on y met là le fondement même de la vie. Mais en fait, il ne s'agit que d'un instinct lié au renouvellement de l'espèce. Cet instinct tu le ressens, il est d'une violence énorme, au creux du ventre. Pour un homme c'est déjà très fort, en tout cas cela l'a été pour moi. Alors j'imagine que pour une femme le manque de la procréation doit être atroce. Tu as beau te dire qu'avoir un enfant n'est pas une fin en soi, tu ne peux rien y faire.

- Et le regard des autres ! même moi je me surprends à regarder avec tristesse une femme qui, au cours d'une conversation un peu plus intime, me dit ne pas avoir eu d'enfants. On a tout d'un coup l'image en tête de cette femme pleurant toutes les nuits, désespérée de sa condition. Le regard des autres participe aussi à la culpabilité de ne pas être devenue mère.
- Ou père.
- Sans doute. Vu ton moral, tu ne restes pas dans cette maison vide ce soir ?
- Non heureusement. Je vais rejoindre l'homme de ma vie.
- Tu crois vraiment que c'est le bon ? c'est quand même ton premier...
- Coup ? oui je sais. Je me suis déjà posé la question. Est ce lui que j'aime où bien est ce la nouvelle vie qu'il me permet de m'offrir ?
- Sûrement les deux.
- Non, je suis prêt à renoncer à beaucoup de chose pour être avec lui. Il m'a envoûté. Je suis sous hypnose. Je ne savais pas que l'on pouvait aimer à ce point. Toutes les cellules de mon corps semblent réclamer sa présence à mes côtés. Quand nous sommes enlacés, je souhaiterais fusionner.
- Fusionner ?
- Oui, que nos corps ne deviennent plus qu'un, tu vois ? qu'ils s'interpénètrent.
- ... c'est sordide !
- Mais non c'est beau, tu vois, parfois il me manque tellement que même serré bien fort conte lui, il me manque encore. Qu'est ce que tu en penses ?
- Je pense que tu es bien touché ! mais la vie à deux va au delà du physique, tu sais.
- Et bien parlons en ! Seb est d'une intelligence inouïe ! parfois je suis franchement étonné de la vitesse où il comprend et analyse les situations. Il me faut parfois plusieurs heures avant d'arriver à une conclusion qu'il te donne en deux minutes. C'est même irritant. Je suis

admiratif de sa faculté à projeter sur le long terme. Moi mon champ de vision s'arrête à 3 ans grand maximum. Je ne suis pas inquiet de passer une vie avec lui, car je sais que je peux compter sur son appui. Seul bémol, affectivement je pense qu'il y a du dégât.

- Du dégât ?
- Oui, je ne sais pas… son enfance, ses parents, son frère dont il ne parle jamais. C'est comme s'il se protégeait en effaçant son passé. Moi qui suis famille, j'avoue que là c'est une énigme.
- Bah, un jour il se confiera bien à toi. C'est peut-être un peu tôt.
- Oui je pense, je ne vais pas aller chercher les problèmes. Mais tu sais, récemment je lui ai demandé pourquoi il avait gravé 1956 sur sa médaille de baptême, alors qu'il m'a toujours dit être né en 1959.
- Une erreur de sa marraine sans doute.
- Ben non, figure-toi, depuis tout ce temps, il m'a caché qu'il avait 8 ans de plus que moi et pas 5. J'en suis resté complètement ébaubi, je n'ai rien pu lui dire. Je n'ai pas compris ce mensonge.
- Pff, 5 ou 8 ans la belle affaire !
- Oui bon évidemment, ce n'est pas à toi à qui je dois dire ça.
- Bon mon petit loup, je dois te laisser, car j'ai une maison à tenir tu sais. Il faudra que tu viennes la voir cette maison. Elle est perchée sur une colline du Beaujolais. Depuis la grande terrasse on domine toute la vallée ; c'est vraiment superbe.
- Tu sais, je n'ai pas l'amour des villages isolés, ça m'angoisse. J'ai l'impression qu'on s'y enterre.
- Quand j'étais une enfant je rêvais de vivre dans une ferme haras. Je crois qu'aujourd'hui mon rêve devient réalité. Ici nous avons 8 chevaux et j'apprends à monter une jument particulièrement docile. Je fais des balades extraordinaires dans un paysage tranquille et reposant. C'est une nouvelle vie que j'aime beaucoup.

- En fait, nous prenons ensemble un tournant important dans nos vies respectives. C'est sûrement une période dont nous nous souviendrons avec tendresse lorsque nous serons vieux, sur notre banc en attendant la fin.
- Parce que nous serons ensemble à la …fin c'est ça ? hasarda Suzanne.
- Ben oui, ça me fait du bien de le penser. Je me dis que si un jour on se retrouve seuls tous les deux, et bien peut être que nous nous installerons ensemble.
- L'idée est séduisante et … inquiétante.
- Bisou.
- A très vite.

Il est 6 heures, Bordeaux s'éveille…

Samuel réussit enfin à éteindre le réveil qui hurlait sur la table de nuit. Il prit son oreiller et se le mît sur la tête. Il n'avait jamais été du matin.

Quinze minutes plus tard il sortait de sa chambre en courant pour se précipiter dans la cuisine. La journée marathon commençait et il fallait déjà rattraper le retard dû à sa fainéantise.

Trois bols avec des céréales, un biberon chocolaté, deux bols pour le café.

Le biberon à la bonne température en main, il rentra doucement dans la chambre du fond où Léo finissait sa nuit une fois de plus sur la moquette. « Le lit sans barreaux a été mis un peu tôt », se dit une nouvelle fois Samuel. Il souleva l'enfant et le re-déposa sur son lit, le biberon fut attrapé au vol par le petit goinfre.

Samuel se rendit dans la salle de bain pour se raser. Dix minutes après il entrait dans la chambre des fillettes et les réveilla doucement. Puis il se rendît à nouveau dans la cuisine, suivi de près par Marie, toujours debout à peine réveillée.

Sébastien était en train de servir le café.

- Je ne t'ai pas entendu regagner ta chambre cette nuit, dit-il comme pour s'excuser.
- Je dormais à points fermés et j'ai failli ne pas me réveiller. Je n'y suis retourné qu'à quatre heures du matin.

Ils avaient choisi d'avoir chacun leur chambre afin de protéger les enfants tant que ceux-ci ne savaient pas. Ils étaient donc officiellement deux amis qui vivaient ensemble pour s'aider « en attendant ».

En attendant quoi ?

Que les choses évoluent, avait répondu Seb à son fils. Dans sa dixième année, Laurent, devait être le moins dupe. Mais celui-ci, de nature très réservée, ne semblait pas vouloir aborder le sujet directement. Sébastien et Samuel restaient souvent en suspens, prêts à répondre à une question compromettante. Mais celle-ci ne venait pas. Laurent semblait bien dans sa peau. Les résultats scolaires étaient restés les mêmes et étaient très prometteurs pour l'entrée au collège l'année suivante.

Le café avalé, Samuel encouragea Marie à finir son bol de céréales. Chloé et Laurent avaient rejoint le groupe et prenaient leur petit déjeuner aussi.

« Il est sept heures, on accélère le mouvement Chloé. Je m'occupe de Léo et il faut que vous soyez prêtes les filles dans vingt minutes » ordonna Samuel. Il ne fallait pas prendre de retard, s'il voulait être à neuf heures au travail. Son travail était à cinq minutes de là, mais il devait repartir en banlieue déposer les enfants à leur école et crèche d'origine, près de leur mère. Le circuit était minuté, il ne devait pas dépasser le début de son retour vers Bordeaux après huit heures car les embouteillages devenaient alors impressionnants sur les boulevards et il serait pratiquement impossible d'arriver à l'heure.

Le soir le même circuit recommençait à sens inverse. Mais là pas de problème pour le retour car le trafic était fluide pour revenir à la maison depuis la banlieue. Bains pour tous, devoirs pour Chloé, câlins pour tous, re-câlins pour tous, repas, dodo.

Lorsque Samuel s'asseyait sur le grand divan récemment acheté. Il soufflait de plaisir. Le rythme était soutenu toute la semaine mais il pourrait se reposer la semaine suivante puisque les enfants seraient chez leur mère. Le plus compliqué était le boulot. Les semaines où il était chargé de famille, il était beaucoup moins disponible, et si un problème informatique inattendu se produisait au travail, c'était la catastrophe. Il devait impérativement être à l'école des filles avant dix-huit heures trente. Et il ne pouvait compter que sur lui, puisque leur mère était la plupart du temps à Biarritz pendant ces semaines là, et qu'il était hors de question que Seb le remplace. Samuel ne voulait pas que Seb soit trop impacté par la charge des enfants. Lui qui avait fait le choix d'en avoir qu'un, et dont le fils était déjà autonome.

- Samuel, je voudrais te parler, peux-tu te rendre disponible un moment vendredi en m'amenant les enfants ?
- Oui bien sûr, c'est grave ?
- Heu oui et non, je ne veux pas en parler maintenant.
- Bon, alors à vendredi.
- Ok.

Samuel resta avec le combiné de téléphone dans les mains, cherchant une signification à l'appel de Lisa. Y avait-il un problème avec les enfants, avec sa nouvelle maison, avec ses parents, avec Biarritz ? Plusieurs pistes étaient possibles. « Bah » pensa-t-il, elle n'avait pas l'air angoissé, ce ne devait pas être si dramatique.

Le vendredi suivant, Samuel se garait devant la maison de Lisa. Le lotissement bien qu'entrant dans la catégorie « logement social » était moderne et accueillant. Les habitations étaient assez étroites et comportaient deux étages. Les architectes avaient même prévu une cheminée dans le petit salon- salle à manger.

- Que voulais-tu me dire, Lisa, demanda Samuel en sirotant un sirop d'orgeat dans la cuisine ?

Lisa sembla très embarrassée.

- Je … je ne me sens pas très bien ici. Tu sais Bordeaux n'a jamais été trop mon truc, et …
- Et ?
- J'ai décidé d'aller m'installer à … Biarritz.

Samuel ne dit rien, il semblait figé. L'annonce avait déclenché un programme d'analyse qui s'exécutait afin de rechercher les conséquences directes de cette décision.

- Tu comptes… emmener les… enfants ?
- Bien sûr.

- Mais tu as pensé à … moi ? et à eux ? je ne pourrai pas les voir toutes les semaines, Biarritz est à 200 kilomètres d'ici.
- Je sais.

Samuel n'était pas si étonné que ça. Quelques semaines auparavant alors qu'ils sortaient pour la dernière fois du bureau du juge, tous deux gênés et penauds comme deux enfants qui viennent de faire une bêtise, ils s'étaient dit au revoir sur le perron du tribunal de Bordeaux. Deux êtres anonymes au milieu des gens et des avocats en robe, qui courraient pressés comme dans un hall de gare, qui se regardaient pour la dernière fois comme mari et femme. Le divorce prononcé, le nom de famille de Samuel désormais abandonné, les enfants à sa charge, Lisa avait eu un regard si étrange. Samuel avait alors ressenti son angoisse, il était palpable. Comme si le plus grave était encore à venir. Avait-elle déjà imaginé ce scénario ? Était-ce au fond inévitable ?

- Tu comptes partir quand ? demanda Samuel sur un ton plus cinglant.
- A la fin de l'année scolaire, en juin prochain.
- Tu penses que je vais me laisser faire ? tu n'as pas le droit de me déposséder du quotidien des enfants. On avait convenu ensemble que malgré le fait que tu les aies à charge on ferait la garde alternée. Tu ne peux pas revenir sur ça.
- Je crains que tu n'aies pas le choix. Je … je suis malheureuse ici, comprends-le. Si tu crois que c'est facile pour moi d'être dans cette maison sans âme. Ce n'est plus ma vie ici, mon avenir est à Biarritz près de la personne que j'aime… avec mes enfants.
- Mais elle n'a qu'à venir ici, elle. Elle est seule je crois et sans attaches.
- Elle ne peut pas venir à cause de son boulot, et puis elle déteste Bordeaux.

- Ben voyons, et tu acceptes de mettre en péril l'équilibre des enfants parce que madame, pardon mademoiselle, n'aime pas Bordeaux, s'énerva Samuel.
- Tu n'as pas de leçons à me donner sur la mise en péril de l'équilibre des enfants.
- Mais Léo, tu y as pensé, il est tellement jeune, il va m'oublier, se … déshabituer de moi, comment veux-tu que je m'occupe de lui depuis ici ?

Samuel sentait que l'émotion allait le gagner très vite. Il tourna les talons et parti en claquant la porte. Réfugié dans sa voiture, il frappa le volant violemment tandis que des larmes de rage lui coulaient sur les joues.

Dès le lundi matin, il téléphona à l'avocate qui les avait accompagnés pendant leur divorce. La question était simple : y avait-il un moyen d'empêcher son ex-femme de partir avec les gamins ?

« Malheureusement, je crains que non, répondit-elle en cherchant ses mots, les enfants ont été placés en résidence chez leur mère par le juge au moment du divorce. Vous pouvez demander à revoir la décision mais compte tenu de leur âge, vous n'avez aucune chance de changer ce jugement. Je vous conseille plutôt de vous résoudre à cette situation et surtout à maintenir des relations courtoises avec votre ex-femme, car de ces relations dépend le climat des échanges lors de l'exercice de votre droit de visite ».

Samuel raccrocha et pleura longtemps.

EPILOGUE

10 ans déjà

Nous sommes nos propres pères
Si jeunes et pourtant si vieux, ça me fait penser, tu sais
Nous sommes nos propres mères
Si jeunes et si sérieux, mais ça va changer
On passe le temps à faire des plans pour le lendemain
Pendant que le beau temps passe et nous laisse vide et incertain
On perd trop de temps à suer et s'écorcher les mains
A quoi ça sert si on n'est pas sûr de voir demain
A rien

Alors on vit chaque jour comme le dernier

Et vous feriez pareil si seulement vous saviez
Combien de fois la fin du monde nous a frôlé
Alors on vit chaque jour comme le dernier
Parce qu'on vient de loin

Corneille – Parce qu'on vient de loin – 2004

Léo

Toute la famille avait une faim de loup. La journée à la mer avait creusé les ventres des adolescents. Sébastien s'activait à l'intérieur de la petite maison, tandis que Samuel installait l'apéritif sous la tonnelle. La vue y était merveilleuse depuis cet endroit, la vallée s'étendait jusqu'à la mer, et une multitude de petites maisons blanches, semblables à la leur rappelaient à tout instant qu'ils étaient en Andalousie. C'est encore une fois Sébastien qui avait trouvé ce lieu magique par internet, une passion récente pour lui mais déjà très efficace. Quinze jours au sud du sud de l'Espagne pour de fabuleuses vacances en famille.

Léo sauta dans l'eau de la piscine privée en contre bas attirant les foudres de ses sœurs qui s'étaient déjà douchées.

« Quelle grande saucisse ! » Se dit Samuel. Comment ce garçonnet d'à peine onze ans, pouvait il chausser déjà du quarante-quatre. Aurait-il pris le chemin de ses grands oncles maternels qui dépassaient allègrement les un mètre quatre-vingt-dix ? À ce train-là, il allait vite rattraper son père.

Samuel alla rejoindre Sébastien dans la cuisine. Laurent regardait les Jeux Olympiques d'Athènes à la télévision, pestant à haute voix contre la programmation espagnole qui ne diffusait que les équipes nationales, impossible de savoir où en étaient les athlètes français. Samuel posa sa tête sur l'épaule de Sébastien pendant qu'il découpait du jambon acheté à Neja le matin.

- Je resterais bien ici le restant de mes jours, soupira Samuel.
- Pourquoi pas, répondit Sébastien, on pourrait acheter un cortijo et le transformer en gîte pour gay. C'est une destination l'Andalousie, ça peut marcher.
- Ce serait génial, on pourrait faire une gay Guest house comme celle de San Francisco où nous sommes descendus en mars. Je ferais les petits déjeuners complets le matin, avec des fruits frais et des pâtisseries. Ils seraient aux petits oignons nos clients. Peut-être même qu'il y en aurait des mignons...

- Je te vois venir avec tes gros sabots, une Guest house ce n'est pas un bordel, s'amusa Sébastien.
- Certes, mais les gays seront toujours les gays, rappelle-toi le couple américain à San Francisco, il nous a bien suivi jusque dans le hammam de l'hôtel. Il voulait croquer du français !
- Chut, Laurent pourrait nous entendre.
- Bah, je pense que Laurent connaît parfaitement la vie gay, nos amis ne se privent pas de raconter leurs amourettes en sa présence.
- Oui d'ailleurs à ce sujet, rappela Sébastien, tu ne m'avais pas dit que tu voulais faire ton coming out à Léo pendant ces vacances. Il est le seul à ne rien savoir, ni de sa mère ni de toi.
- Oui, ses sœurs l'ont appris à son âge, mais elles ont posé la question directement à leur mère. Lui il ne dit rien, il est tellement distrait. Je ne vais tout de même pas lui gâcher ses vacances en lui tombant dessus comme ça. Et en même temps je reconnais que c'est le moment où jamais. Après il repart chez sa mère et je ne pourrai pas gérer l'assimilation qu'il fera de cette redoutable info… Samuel hésita un moment en se mordant les lèvres. « C'est décidé, je le lui dis dans les deux jours ! » se persuada Samuel en piquant une olive marinée dans le ramequin.

Au cours du repas, Samuel avait déjà oublié sa résolution. Les discussions allaient bon train autour de la grande table. La visite de la superbe grotte de Neja avait été l'événement clef de la matinée. Chloé, comme à l'accoutumé, s'enflammait en idées passionnées du haut de ses seize ans. Brillante dans les études elle avait tendance à monopoliser la parole sans pour autant fatiguer son auditoire. Marie était restée la petite fille mystérieuse et peu bruyante. Sa physionomie menue issue des caractéristiques génétiques de la mère de Samuel, accentuait son côté effacé. Mais à plusieurs occasions déjà la famille avait pu constater le feu qui sommeillait en elle prêt à s'allumer pour défendre ses intérêts. Laurent, avait, quant à lui, décidé de cloner son père. L'allure était la même, la voix et le caractère également. Il n'était pas facile de le contenter, ou plus exactement de savoir s'il était content. Une sorte de pudeur sans doute.

- Comment vous vous êtes rencontré Séb et toi ?

Tous les regards se tournèrent vers Léo, car c'était bien lui qui venait de poser cette question. Séb regarda Samuel avec un léger sourire. Ses yeux semblaient dire à Samuel « nous y voilà ». Les filles plongèrent leur nez dans leur yaourt. Laurent regardait son père.

- Bien, nous nous sommes rencontrés il y a très longtemps, tu étais tout petit, bredouilla honteusement Samuel.
- Vous travailliez ensemble ? continua Léo.
- Non, non tu sais bien, nous ne travaillons pas dans la même entreprise. En fait c'est grâce à l'équivalent …d'internet… qui n'existait pas encore.
- Ah bon, s'étonna Chloé, je croyais que c'était chez des amis communs.

Samuel rougit « merde, j'avais oublié cette version-là » pensa-t-il. Il regarda Sèb qui apparemment semblait d'aucun secours.

- J'aimerais bien un jour avoir un super copain comme vous. C'est génial ! dit Léo en reprenant du fromage.
- …..

Ainsi, ce n'était que ça ! pensa sûrement tout le reste de la famille, presque soulagé. Léo cherchait seulement une méthode pour avoir un « meilleur copain ». Samuel, resta un moment à réfléchir, il ne pouvait pas laisser Léo dans l'ignorance plus longtemps, il finirait par être humilié d'avoir été dupé par tous. Il attendit que Seb soit le seul à table, pour lui dire que ce serait ce soir. Que le moment était venu.

Samuel entra dans la petite chambre que Léo partageait avec Laurent. Il y était seul en train de se mettre au lit avec sa BD favorite. Samuel vint s'installer près de lui. Instinctivement Léo pencha sa tête pour venir chercher le traditionnel bisou du soir, sans lever les yeux de son livre. Puis voyant que son père restait là, il le regarda d'un air interrogateur.

- Qu'est qu'il y a ? demanda-t-il
- Rien, tout va bien. Ça te plait ici ?
- Bien oui, c'est génial. La piscine et tout ça. C'est cool comme vacances.
- Et … tu n'as pas envie parfois de me parler de choses ? Sam avait du mal à entamer la conversation, l'estomac noué par la peur de ce qu'il était en train de provoquer.
- De choses ? de quoi ? s'étonna sincèrement Léo.
- Ben je sais pas… qu'est-ce que tu penses de Seb et de moi, et de Maman et Irène.
- Ah ben c'est génial d'avoir des super copains.
- Tu ne te dis pas parfois, que c'est peut-être autre chose qu'une simple grande amitié en fait ? demanda Samuel avec un air le plus détaché possible.
- ….
- Tu sais Seb et moi, nous vivons ensemble, nous partageons le même lit, tu ne te poses pas de questions par rapport à ça ? s'enhardit Samuel.
-

Cette fois Léo ouvrit tout grand ses yeux noirs, quelque chose venait de passer dans son esprit, comme une porte qui s'ouvrait.

- Ben, oui en fait j'ai demandé à mon cousin s'il savait comment on devenait homosexuel mais il n'a pas voulu me répondre. Car parfois, je me demande si Seb et toi vous n'êtes pas … homosexuels. Il hésita car la peur de blesser son père le tenaillait.

Samuel ne pouvait plus reculer maintenant. Il fallait se jeter à l'eau.

- Oui mon chéri, nous sommes … homosexuels et je suis content de te le dire enfin car j'en avais marre de te mentir.
- Mais Maman le sait ?
- Heu … bien sûr Léo, répondit Samuel un peu dérouté.
- Et Irène aussi ?
- Mais bébé, pour Maman et Irène c'est la même chose, elles sont aussi homosexuelles.

Il se frappa la main sur le front.

- Ah mais je comprends maintenant, quand elles…. Ah oui mais bien sûr …. C'est comme … c'est ça …c'est comme un puzzle, j'ai plein de trucs que je ne comprenais pas et maintenant je sais pourquoi. Oh la la… et mes sœurs le savent ? et Laurent ? et papi et mamie ?
- Oui Léo, tu es le dernier à l'apprendre. C'est normal car tu es le plus jeune. Tes sœurs l'ont appris à ton âge aussi, tu sais.

Il sembla, comme prévu un peu vexé d'être le seul.
- Pff, vous deviez rire de moi, j'ai sûrement dit des trucs nuls sans le savoir.
- On craignait surtout que tu l'apprennes par quelqu'un d'autre que moi ou ta mère. Mais dis-moi Léo, ça ne te pas fait trop de peine de savoir maintenant ?
- Mais non papa, je ne suis pas comme ça, je suis pas raciste, à l'école je suis toujours celui qui défend Choukri quand il se fait traiter d'arabe et aussi Lee quand on le traite de chintok.
- C'est un peu pareil, sauf que tu n'auras pas à me défendre car tu sais tout va très très bien. Mais tu n'es pas obligé d'en parler à tes copains, les enfants ne comprennent pas toujours et tu risques de te faire moquer. C'est idiot mais c'est comme ça. Tu le diras aux personnes qui te semblent vraiment bien, en qui tu auras confiance.

127

- Oui, souffla-t-il un peu soulagé.
- Et puis sache que si tu te poses une seule question, il ne faut pas hésiter à venir m'en parler, j'aurais à coup sûr la réponse. Alors ne reste pas dans le doute, tu me promets ?

Samuel le prit dans ses bras. Léo s'y abandonna comme d'habitude. Samuel y voyait là une assurance que l'enfant saurait passer ce cap, comme Laurent, Chloé et Marie l'avaient fait quelques années auparavant. Il était libéré de ce poids énorme et sentit que désormais, la vie serait plus facile. L'extrême vigilance sur les gestes, ces frôlements ambigus rapidement camouflés, ces regards fuyants alors qu'on les voudrait appuyés, cette main aimée que l'on n'ose pas prendre assis côte à côte sur le canapé. Tout ça va appartenir au passé, tout au moins en famille.
Samuel lui déposa un baiser sur le front.

- Je t'aime tu sais… très fort, lui dit-il.
- Moi aussi papa.

Lorsque Samuel sortit de la chambre, Léo le rappela.

- Papa, juste une chose.
- Oui.
- Comment ça se fait que Maman et toi…enfin je veux dire, vous étiez mariés, vous êtes devenus homosexuels après ?
- On ne devient pas homosexuel Léo, on l'est c'est tout. Mais ta mère et moi on ne l'a pas compris tout de suite et on a pris notre temps. Et c'est tant mieux car nous avons eu ainsi trois adorables chatons. Et ça c'est un vrai bonheur.

Léo le regarda avec un sourire jusqu'aux oreilles puis se tourna sur le côté dans son lit. Samuel resta un petit moment dans le couloir, pour se remettre de ses émotions. Ainsi c'était fait. Pour lui c'était sa première fois. Les filles avaient été informées par leur mère. Pourquoi cette distribution des rôles si classiques ? Parce qu'on reste prisonnier de sa culture, et que dans la famille c'est à la mère de parler à ses filles et au père de parler à son fils au sujet des choses les plus graves.

De retour dans le jardin, Samuel rejoignît Seb qui s'était installé sur une chaise longue au bord de la piscine. Dans la pénombre on pouvait deviner son corps svelte et bronzé. Un bras sous sa tête, une main sur son ventre, il était terriblement sexy. Samuel ne se lassait pas de regarder ce garçon et le désirait constamment. Quelque chose de Jérémy Irons et de Rupert Everett. Même encore stressé par son épisode de confidences, Sam sentit qu'une érection arrivait et détourna les yeux pour contempler la vallée parsemée de lumières d'habitation jusqu'à la mer.

- Ça y est, c'est fait ! lança-t-il laconique.
- Ah ! et comment a-t-il réagi ?
- Assez bien en fait. Il m'a dit que cela répondait à de nombreuses questions. Comme quoi il était temps. Il m'a dit en substance qu'avec cette clef il pouvait maintenant ouvrir plusieurs portes qui restaient fermées. Il a comparé ces questions à un puzzle qu'il n'arrivait pas à faire et qui tout d'un coup lui paraissait évident. C'est une jolie image, tu ne trouves pas ?
- Léo a toujours été un peu poète ! on en fera un littéraire.
- Ce n'est pas tellement le style de la famille mais j'adorerais ça.
- Ce qui va changer en tout cas, c'est qu'on a plus besoin de se cacher devant les enfants.
- Oui, mais on n'ira pas jusqu'à se rouler des patins sous leur nez, plaisanta Sam, se sentant libre comme devant le début d'une nouvelle vie prometteuse.

Ils restèrent près de la piscine un long moment, respirant l'air tiède et parfumé. Ils eurent envi de dormir à la belle étoile mais jugèrent peu confortables les chaises longues en plastique.

Et puis, pour certaines choses, rien ne vaut le confort d'un lit douillé…

© Eric Saint-Antonin, 2024
Édition : BoD • Books on Demand GmbH, In de Tarpen 42,
22848 Norderstedt (Allemagne)
Impression : Libri Plureos GmbH, Friedensallee 273,
22763 Hamburg (Allemagne)
ISBN : 978-2-3222-2339-8
Dépôt légal : Août 2020